Franz Christoph Braun

Ferdinand und Elise, oder Rückkehr von der Schwärmerei zur Vernunft

Franz Christoph Braun

Ferdinand und Elise, oder Rückkehr von der Schwärmerei zur Vernunft

ISBN/EAN: 9783743336452

Hergestellt in Europa, USA, Kanada, Australien, Japan

Cover: Foto ©Andreas Hilbeck / pixelio.de

Manufactured and distributed by brebook publishing software (www.brebook.com)

Franz Christoph Braun

Ferdinand und Elise, oder Rückkehr von der Schwärmerei zur Vernunft

Ferdinand und Elise,

oder:

Rückkehr von der Schwärmerey zur Vernunft.

Ein Schauspiel

in vier Aufzügen,

von

F. C. Braun.

Heidelberg, 1789.

Personen.

Herzog Karl ****.
Graf von Tirmion, Regierungspräsident.
Freyherr von Lachenau, Regierungsrath.
Frau von Seltner, Schwägerin desselben.
Ferdinand von Lachenau, Sohn des Regierungsraths und Sekretär bey der Regierung.
Elise von Lebrecht, in des Regierungsraths Hause, und erwählte Braut Ferdinands.
Hofräthin Brandini, Wittwe.
Albert, ihr Sohn, Kanditat der Rechte.
Von Tillier, ⎱ Fräuleins in dem Hause der
Von Jassini, ⎰ Hofräthin.
Friedrich, Ferdinands Bedienter.
Jud Maier.
Ein Abgesandter des Präsidents.
Ein Polizeybeamter mit Wache.

Die Handlung ist meistens in des Regierungsraths und der Hofräthin Behausung.

Die Scene ist in Deutschland, und zwar aus diesem Jahrzehend.

Erster Aufzug.

Erster Auftritt.

Ferdinand v. Lachenau allein in seinem Zimmer.

(Liest in den Akten, welche auf dem Schreibtische liegen, und geht unwillig davon.

Verdammtes Zeug! — das einem das Gehirn trofnet, und das Herz kalt und leer läßt. Was ist doch der Jurist für ein armseeliges Geschöpf! — Ewig mit dem Corpus Juris und ungeheuren Aktenstößen sich zu beschäftigen? (stark auf und ab gehend) In solchen Fesseln kann ich es nicht länger aushalten; Sklave eines jeden Procekrämers zu seyn, und der Laune eines krittelnden Senats unterworfen, ungenüzt die Zeit — und freudenlos meine Jugend zu durchleben? Nein! Ferdinand, weg damit. Mein Herz fühlt — empfindet — will handeln, und ich soll diese süße Gefühle durch die trokne Rechtstheorie abstumpfen? Nein! Die Liebe und mein Mädchen sollen von nun an meine Beschäftigung seyn; ich will für die Welt leben! Weg mit allen Grillenfängereyen! Munterkeit soll statt Schwermuth auf meiner Stirne herrschen; und jede süsse Lust des Lebens sich in meinem Auge spiegeln.

Zweyter Auftritt.

Albert Brandini tritt ungesetzen herein.

Albert. Bravo — bravissimo Brüdergen, laß dich umarmen; das war recht gesprochen! so ists brav — so mach ich's: Immer lustig und vergnügt gelebt, das ist das wahre Freudenleben. Ist kein Geld da, so muß Jud und Philister tiefgebeugt meinen Beutel füllen, und ein lumpigtes pro Cent Papiergen ha! ha! ha! ha! muß ihn bis zum jüngsten Tag trösten. Aber à propos wie hast du geschlafen auf den gestrigen rendez vous?

Ferd. Seelig — unendlich seelig. Ich träumte wie ein Schäfer in Arkadiens Gefilden; meine Schäferinn lag entzückt in meinem Arm; und ich zürnte über mein Leben, als ich aufwachte, weil ich gerne so bis in die Ewigkeit geschlummert hätte.

Albert. Bist eben immer noch der liebe Schwärmer. Höre Brüdergen — du hast eine allmächtige Kraft in deiner Phantasie, jedes Herz in dein Interesse zu locken. Ja! Ja! Wenn du wüßtest!

Ferd.

Ferd. Was denn lieber Bruder! so rede doch — Sprich — mein Herz glüht von heisser Liebe für die ganze Welt! —

Albert. (mit feiner Verstellung) Wenn du wüßtest, was deine süsse Schwärmereyen anrichten! — Wie viel Mädchenherzen nach dir süßen Jüngling seufzen! Bruder, du bist der glücklichste Kerl auf Gottes Erdboden; die zwey größte Schönheiten der Stadt Tillier und Jassini, um welche tausend buhlen, sind sterblich in dich verliebt.

Ferd. Du willst mich zum Besten haben! — Ist nicht Tillier deine angebetete?

Albert. (mit einem Seufzer) Hoffnungslos mein Bester; wer kann auch neben dir, Mann der Liebe, bestehen! — Ein Blick, tausend Herzen sind verwundet — und capituliren auf Gnade oder Ungnade willig mit dem Sieger.

Ferd. O! daß ich Sie alle lieben könnte, die holden Geschöpfe — daß ich mein Herz theilen und in jeder des glücklichsten Besitzes geniessen könnte! aber ich bin ja oder muß ein träger Geschäftsmann seyn, bin angeschmiedet mit ehrnen Banden an den Sclavenwagen der löblichen Justiz; — und muß meine Jugend im trofnen Canzleystyl zwischen vier Mauren verkeuchen! Ist das meine Bestimmung — bin ich nicht unglücklich?

Albert. Ja wohl! aber weil du dir nicht zu helfen weißt, und Sklave eines neidischen Gesetzes bist. Solch ein Leben, wie das deinige, wäre eher eines Pistolenschusses, als der Erhaltung werth. (deklamirt) An den Pforten des Himmels zu stehen —

seine Seeligkeit erblicken und nicht genießen dürfen; auf der Gränzlinie des glücklichsten Erdenlebens sich herum zu tummeln — keinen Schritt weiter vorwärts, weil das Gängelband des Berufs den glücklichen Schwelger wieder zurückzieht!

Ferd. O! ich möchte rasend werden, und mich und meinen Beruf verwünschen.

Albert. (fährt fort) Hier in den Armen englischer Mädchen die Nacht des menschlichen Elends zu verschlummern — den Vorschmack des Himmels am Schwanenbusen und im flammenden Blick eines schwarzaugigten Mädchens zu empfinden — mit Wonne gewigt — sich im Kuß zu berauschen; der jedes Trübe des Mißgeschicks hinwegscheucht, und selbst die Donnernacht zum wehenden Frühlingsmorgenlüftgen verhaucht. Ha Bruder! — (mit Feuer) Wirf diese lästige Hülle ab — die deine grosse Seele in entehrende Schranken zwängt, und dich zum frostigen Misantropen macht! — Genieß das Leben, laß Plato und Lykurg moralisiren — und sey froh.

Ferd. Ja ich werds — ich wills thun — will mich zerstreuen — will lustig seyn; ich liebe die Menschen — ich will ihnen Gutes thun, und mich freuen in ihrer Freude.

Albert. Das war gesprochen, wie der Mann sprechen muß, der mein Freund seyn will; der glaubt, daß ich für sein Wohl besorgt bin, und mir nicht getheiltes Vertrauen schenkte.

Ferd. Getheiltes Vertrauen? Also mein Albert — mein Einziger — mein Busenfreund, setzt

Mißtrauen in mich, — verlangt er noch Betheu‐
rungen meiner Freundschaft? —

Albert. Ach nein, mein Lieber, dein Herz ken‐
ne ich zu gut! Aber (traurig) möchte ich nur dieser
Freundschaft werth seyn!

Ferd. Bruder, wo geräthst du hin — Dein
Ton stimmt sich zur Klage herab — Welch eine
schnelle Veränderung — Sprich, o, sprich lieber
Albert! —

Albert. Es war nur erzwungene Freude — ei‐
ne leichte Aufwallung, um auf kurze Zeit mein Un‐
glück zu vergessen; dieses tritt nun wieder in schwar‐
zer Furien Gestalt vor meine Seele.

Ferd. Freund! — Was ist dir? O so rede doch!
Dein Kummer ist ja auch der meinige?

Albert. Gottes Lohn für diese Theilnahme! —
Unser Proceß wird heute für uns verloren. Wir
sind arm und verachtet und dein Vater ist unser
Feind.

Ferd. Gott! jezt ist meine Ahndung gegründet;
heute früh ist er schon ausgegangen — vermuthlich
zum Herzog — und es ist auch heute die letzte Re‐
gierungs‑Kommißion wegen dem Concurs deiner
Mutter.

Albert. So ist denn alle Hoffnung dahin —
auf ewig dahin — wenn du nicht hilfst, lieber
Bruder?

Ferd. Was kann ich armer Secretair? ich bin
zu schwach, mein Wirkungskreiß ist zu eingeschränkt,
als daß ich euch helfen könnte.

Albert. Du solltest nicht helfen können — und dein Vater modificirt unser Urtheil — auch für meine unglückliche Mutter hast du nicht einmal Trost! —

Ferd. Aber um Gottes willen was vermag hier Trost? —

Albert. Sie schickt mich her, dich darum zu bitten?

Ferd. Diesen Morgen nur nicht — ich muß zur Kommißion.

Albert. Also deine kalte Secretairspflicht und eine Unglückliche, die nur um Trost flehet?

Ferd. (hingerissen) Laß mich — O laß mich — ich wills thun — will alles thun, was ich für euch thun kann — wenn es möglich ist.

Albert. Wie sie sich freuen wird die Unglückliche, wenn ich ihr diese Nachricht verkündige! — Bruder (bittend) verlaß uns nicht — und halte Wort.

Ferd. Geh nur — bey Gott und meinem Herzen, ich gedenke Eurer.

(Sie gehen auf verschiedenen Seiten ab.)

Dritter Auftritt.

(Zimmer im Lachenauischen Hause.)

Regierungsrath v. Lachenau mit einem Stoß Akten unterm Arm, Frau von Seltner und Elise v. Lebrecht mit dem Frühstück. Hernach Ferdinand.

Von Lach. (Im Hereintreten) Guten Morgen, Schwester, guten Morgen liebes Lißgen. — Schon aus den Federn — schon ausgeschlaffen?

Von Seltner. Nicht so früh wie Sie, lieber Herr Bruder! Sie waren schon ausgegangen? Immer der geschäftige Staatsmann, der nicht einmal seinen Gliedern die angenehme Morgenruh gönnt; und beständig in Unruh und Beschäftigungen lebt! —

Elise. So daß wir Frauenzimmer uns schämen müssen, das Bild des Fleisses in unserm geliebten Hausvater noch so wenig nachgeahmt zu haben.

Von Lach. Laßt das Kinder — macht kein Aufhebens. Fleißig und thätig zu seyn ist ja meine Pflicht — und mein Amt und Bestimmung fodern es. Laßt uns aber niedersetzen, und unser Frühstück genießen.

(Sie setzen sich.)

V. Seltner. Elise wird die Besorgung übernehmen?

Elise. Mit tausend Freuden.

v. Lach. Kinder! — Was haltet ihr wohl davon, wenn ich Euch sage, daß der heutige Tag vielleicht der glücklichste meines Lebens seyn wird?

v. Seltner und Elise. Der glücklichste?

v. Seltner. Ich erstaune — Erklären Sie sich, Herr Bruder!

v. Lach. Der heutige Tag wird es mir und auch vielleicht Euch seyn, denn er ist der wichtigste meines Lebens. Mein Innerstes ist so ruhig froh — meine Seele feiert, eine noch nie so stark gefühlte Rührung, und mein Herz klopft vor Freude der Zukunft. — Heute bin ich 60 Jahr alt und 40 im Dienste meines Herzogs. Ihr könnt glauben, daß manche trübe Stunde und manche traurige Augenblicke bey einem so wichtigen Amte vorfielen. Doch war der Verlust meiner Sophie, die ihr Leben dem Leben meines Ferdinands aufopferte, für dieses Herz der härteste Schlag.

v. Seltner. (wischt sich die Augen) Ja wohl. Sie starb zu früh meine gute Schwester.

v. Lach. Heute trifft aber alles zusammen, um mich für das vergangene Leiden, für so manchen schweren Kampf zwischen Recht und Unrecht zu entschädigen. Diesen Morgen war ich schon bey unserm gnädigsten Landesvater! —

v. Seltner und Elise. Bey unserm geliebten Herzog?

v. Lach. Ja, Kinder. Das war ein Augenblick! Nie werd ich seiner ohne Rührung gedenken. Nachdem ich mein Geschäft verrichtet hatte, nahm er meine Hand, blickte gerührt auf mein graues

Haar

Haar — drückte mir mit seinem gewöhnlichen männlichen Ernst die Hand, und sprach: Lachenau, alter, ehrlicher, treuer Diener, wie alt bist du? 60 Jahr war meine Antwort — und 40 Jahr im Dienst des Vaterlandes. Mann, sprach er, indem er nochmal meine Hand ergriff, du hast das glänzende Ziel deiner Bestimmung erreicht, und bist grau worden auf deinem ehrenvollen Posten, laß mich dich dafür belohnen. Geniesse 2000 Thlr. jährliche Pension — und dein Sohn, der Secretair, sey dein Nachfolger.

v. Seltner. Der gute Herzog?

Elise. Der liebevolle Landesvater — Welch eine vollwichtige Belohnung treuer Dienste, ich erstaune über diese Gnade! —

v. Lach. Ich konnte vor rührendem Erstaunen über die Grösse derselben nicht danken, um so mehr, da er mich plötzlich voller Rührung verließ.

Elise. Der Himmel segne den gütigen, hohen Menschenfreund.

v. Lach. (steht auf — mit Würde) Nun wär ich also glücklich — bis auf Eins! —

v. Seltner. Und was fehlt ihnen noch — haben Sie nicht alles, was Sie bedürfen, im vollen Ueberfluß?

Elise. (schmeichelnd) O! doch kein Unfall — Fast möchte ich über diesen ernsten Blick unruhig werden? —

v. Lach. (nimmt Elise bey der Hand) Mädchen, er gilt dir dieser ernste Blick; du bist, die mir heute den höchsten Grad meiner Glückseligkeit geben, mein Alter verſüſſen, und meine noch übrigen wenigen Lebenstage heiter und froh machen kann!

Eliſe. Ich weis nicht — Herr Regierungsrath verſteh ich Sie recht oder unrecht?

v. Seltner. Sie werden doch nicht Herr Bruder?

v. Lach. (lacht) Heurathen wollen? Damit hats nun keine Noth mehr; aber es kommt darauf hinaus. — Liesgen, werde meine Schwiegertochter, gieb mir in Ferdinand eine Tochter, die meinen Sohn und ſeinen alten Vater beglückt?

Eliſe. Herr Regierungsrath — iſts möglich?

v. Lach. Laß alle Beſorgniſſe ſchwinden. Ich bemerkte ſchon lange Eure Liebe, und freute mich darüber. Denn ich ſah meinen Sohn in deiner Geſellſchaft zu einem beſſern Menſchen reiffen; — nicht durch buhleriſche Kunſtgriffe einer Romanenheldinn, wie unſre heutige Modedamen, zu Ausſchweifungen in der Liebe veranlaßt, ſondern durch deine reine, aus edeln Grundſätzen entquollene Liebe von manchem gefahrvollen Schritt ſeiner Schwärmerey zurückgeführt — wußteſt du ihn mit Liebe zu leiten. Das war meine Vaterwonne — und du mußt nun meine Schwiegertochter werden. Sey liebe Eliſe — werde ſein — mein Ferdinand liebt dich.

v. Seltner. Aber lieber Herr Bruder — wozu dieſe Eile? Eliſe hat ja noch einen Vater — ob der ſeine Einwilligung geben wird?

v. Lach. (unwillig) Aber liebe Frau Schweſter! ſo greifen Sie mir doch nicht vor — die Einwilwilligung habe ich schon lange, — ich werde ja nichts Unrechtes begehren! noch heute also muß Eure Verbindung seyn, denn ich will einen Tag feyern, von dem ich sagen kann, er war der glücklichste meines Lebens.

Elise. Ich kann es nicht läugnen, daß ich Ferdinand liebe — und daß wir schon lange uns nach dem Tage der Verbindung sehnten. Wer sollte auch nicht das Glück wünschen, dem schönen, lieben, warmen Jüngling — und dem edelsten Vater anzugehören? Aber! —

V. Lach. Nun! und was hast du noch für Hindernisse?

Elise. Seine Empfindeley und Schwärmerey, und meine Grundsätze, werden die wohl auf immer harmoniren? — Wird die Gattin mit der Vernunftstimme noch Gehör finden wie die Liebhaberinn, wenn der Männer Stolz aufwacht — die Obermacht benutzt — und seine Schwärmerey in Thorheiten ausarten. Werden wir nicht beyde unglücklich werden?

V. Seltner. Da hat nun Elise so unrecht nicht?

V. Lach. (groß und mit Würde) Dafür laß dich an mein Herz drücken, theures Mädchen! Du äusserst als Liebhaberin solche hohe weibliche Tugenden! Welch eine Gattin — Welch eine Tochter wirst du meinem Alter werden! Du mußt es seyn, meine Tochter — Es wird sich schon geben; Ein Paar Jahre in deinem Umgang — und er wird gewiß anderst.

Elise. Süsse Hoffnung! —

V.

v. Lach. (munter — sie umarmend) Laß dich küssen liebe Tochter — Du bist — nicht wahr, liebes Lieschen — willst meine Tochter seyn? (sie heftig ansehend.)

Elise. (schamhaft) Wer kann diesem süssen Vaterblick widerstehen! — Wenn Sie mich dieses Glückes dann würdigen, wohl, so stimmt mein Herz freudig in das Jawort ein.

v. Lach. Bravo! Mädchen. Dabey bleibts also; Jetzt mein Ferdinand zu dieser Freudenscene (schellt) Der wird Augen machen, wenn ich seinen Bitten zuvorkomme.

Bed. Was befehlen Ew. Gnaden.

v. Lach. Mein Sohn soll den Augenblick hier erscheinen.

Bed. Zu Dero Befehl. (ab)

v. Lach. Nun Schwestergen — frisch — munter — nicht so kalt — freuen Sie sich mit mir — Verdammt, wer heute grießgram drein sieht.

v. Seltner. Wenn Sie sich nur nicht übereilen und unangenehmen Folgen sich aussetzen?

v. Lach. Ey was! Warum sich übereilen? ich bin ja unter meinen Kindern, und wenns der Vater gut mit ihnen meynt, so werden sie es doch nicht mit bösem vergelten. — Horch, da kommt Ferdinand schon.

Ferd. (tritt herein mit ehrerbietiger Verbeugung, küßt seinem Vater die Hand) Guten Morgen, lieber Vater, was befehlen Sie?

v. Lach. Dank dir, mein Sohn; zu befehlen habe ich itzo nichts — ich will vielmehr, du sollst

mir

mir glückwünschen, daß ich heute einmal geschäftlos und fröhlich seyn werde, da ich mit Euch den glücklichsten Tag meines Lebens zu feyren gesonnen bin.

Ferd. Den glücklichsten? ich erstaune, sind Sie heute schon so glücklich gewesen?

V. Lach. Ja! recht sehr bin ichs geworden, du sollst es auch werden, und mein Glück vermehren: Willst du das?

Ferd. Mit dem kindlichsten Gehorsam. Was ich vermag — befehlen Sie — Wann — wie — und worinn ichs kann; — befehlen Sie, auf welche Art, lieber bester Vater?

V. Lach. Nur Geduld — nicht zu hitzig; du wirst eine Prüfung des Gehorsams erhalten, die dich kühler und nachdenkender machen wird. So wisse dann, daß heute die Hofräthin Brandini ihren Proceß verloren hat; — die letzte Session wird diesen Morgen seyn (er giebt ihm die Akten) und du wirst hier das Urtheil publiciren. Ich hoffe den pünktlichsten Gehorsam von dir, zumal da der Herzog selbst erwartet wird.

Ferd. (verstört und finster) Sie hat ihn also verloren den Proceß?

V. Lach. (fährt fort) Ja wie Sie es verdiente. Ferner untersage ich dir hiemit allen Umgang mit diesem liederlichen, schändlichen Gesindel. Ich rechne auf deinen strengsten Gehorsam, wenn du mich nicht kränken willst; Mitleid hilft hier doch nichts mehr. (nach einer Pause) Wenn du alsdann wieder zurückkehrest — so kündige ich dir dein und mein neues Avancement an; — Ein neues Amt und dazu dieses holde Mädgen zum Weib. (er führt Elise zu ihm)

Ferd. Elise mein? Täuschen Sie mich, Vater — oder ist es würklich wahr? — (Elise umarmend) Einziger Wunsch meiner Seele, theures Mädchen, hier weih ich mich dir auf ewig. So sind Sie mir zuvorgekommen, Vater! den Gegenstand meiner heissen Liebe mir selbsten zuzuführen! —

Elise. Ueber den Schwärmer! Besaß ich denn dein Herz vorher schon so gewiß, daß du so freudig aufwallst?

Ferd. Bey dem ersten Augenblick, da ich dich sah, warst du mein einziger Gedanke — Dich zu lieben und zu besitzen, war meines Herzens größter Wunsch. (mit Ekstase und allmähliger schwärmerischer Entzückung) Und wer könnte dich Engel auch sehen, ohne ihn zu lieben! O! Ein Herz wie das meinige, kann solche Eindrücke nicht ertragen, ohne hingerissen zu werden. (aufwachend) Verzeihen Sie Vater, dem Taumel meiner freudetrunkenen Seele, daß ich mich vergessen habe, und jetzt erst die theilnehmende Zuschauer meines Glücks bemerke.

V. Lach. Ferdinand! Ferdinand! bist immer noch der alte Schwärmer, der sich von jedem Phantasiespiel, und jeder Herzsache so schnell hinreissen läßt, daß die Seele nach einem solchen Rausch bis zum gähnenden Eckel ermüdet zu seyn scheint. Doch! jezt mags hingehen.

Elise. Sein Herz ist ganz Liebe und Empfindung; ich kann mich glücklich schätzen, den lieben Schwärmer erhascht zu haben. Auf Fräulein Tillier ller und Jaßint war ich oft heimlich eiferſüchtig — gab oft alle Hoffnung auf. Doch trau ich ihm nicht allzu weit, denn ich kenne den Charakter dieſer ſüſſen Empfindler. Habe ich nicht Recht, liebe Tante? —

V. Seltner. (nicht ganz gleichgültig) Sie haben von Ferdinand nichts zu fürchten; Er iſt die Frucht meiner ſorgfältigen Erziehung. Ich flößte ihm eigentlich dieſen Geſchmack ein! Und Sie werden ihren Geliebten vermuthlich, wie alle heutige Mädchens, in dem ſidnen Gewand ſchmachtender Empfindungen lieber beſitzen als in der hölzernen Hülle eines Strohkopfs.

V. Lach. (unwillig) Nun! Nun! Ihr kommt mir da ganz aus dem Geleiſe, und wißt doch ſelbſt, daß die Tante und ich über dieſen Punkt nie einig ſind, und auch nie werden. Ich gehe einmal von meinen Grundſätzen nicht ab; — Aechte deutſche Denkungsart iſt mir lieber als ſolche Schmetterlingsnaturen. Doch Kinder brecht ab, und laßt uns heute ganz der Freude leben. Die Tante hält in ihrer Küche mit den Töpfen Revue — und ſorgt für eine nahrhafte Mahlzeit, da erwart ich Euch alle — verſteht mich wohl, feſtlich und munter. Kommt, laßt Ferdinand allein, er muß noch ein wenig über ſeine Freude nachdenken, denn wirklich iſt er ſchon abweſend, zergliedert ſie — und ſchmückt ſie in phantaſtiſches Gewand!

Ferd. (auf einmal erwachend) Verzeihen Sie, theurer Vater, die unverhofte Freude läßt mich nicht zu mir ſelber kommen, ich taumele, die Welt geht mit mir herum, und doch entsteigen mißmuthige Ahndungen meiner Seele.

V. Lach. Wird sich geben — Laßt ihn denn allein, daß er sich mit seinem Freudentaumel näher bekannt mache. Kommt Kinder!

Elise. (Ferdinand umarmend) Nun lieber, laß die Braut nicht so lange auf dich warten, sonst möchte sie aus Liebe für dich auch eine Schwärmerinn werden.

Ferd. Rechne auf meine unerschütterliche Treue, wie ich auf die deinige.

(alle gehen ab.)

Vierter Auftritt.

Ferdinand allein.

(lange Pause) Jetzt bin ich wiederum allein mit meinem Herzen, — kann frey die Wonne ausathmen, die Elisens Besitz mich empfinden läßt. Aber! — (geht einigemal nachdenkend auf und nieder — endlich nimmt er die Akten und liest) Nachdem der Schuldenkonkurs der Hofräthinn Charlotte Brandini, und ihres Sohns Albert Brandini, anheute in pleno senatu, præsentibus Hrn. Präsident und übrigen Herren Räthen vorgetragen, und in Gegenwart aller vorgeladenen Creditoren die liquide Foderungen zu 5000 Gulden befunden wurde; als werden hiemit Beklagten zum Schulden- und Kosten-Ersatz condemniret; daß solche in termino duorum mensium entrichtet werden sollen, im Ausbleibungsfall aber

aber man mit ihnen verfahren wird, was Rechtens ist. (Pause)

Das ist entsetzlich, meinem besten Freund dieses Unglück anzukündigen; der unglücklichen Hofräthinn diesen tödtlichen Kummer zuzubereiten, das kann mein Herz nicht! Nein! Es würde vor Mitleid und Theilnahme brechen. Aber! Wie kann ich anders? Muß ich nicht? Schreckliches Opfer des Gehorsams, das tiefe Wunden meinem Herzen schlägt, unter dessen Druck ich ersinken muß. Nein! (nachdenkend) Doch ja! — Ach Gott! ich weis nicht, was ich thun soll; möchten mich der Himmel und seine Heilige stärken. Meinem Freund — meiner unglücklichen Freundin? — Halt — Freundschaft und Liebe fordern grosse erhabene Pflichten, haben geheiligte Rechte! — Mein Herz bietet meiner Denkkraft auf — ich schwindle an der Grenzlinie zwischen den Pflichten des Geschäftsmanns, und des Freundes; — Es muß näher überlegt werden.

(ab.)

Fünfter Auftritt.

Jud Maier und Friedrich (von außen.)

Jud Maier. Gottes Wunder! Der Herr Friedrich hot er ebbe hier zu befehle?

Friedrich. Spitzbub — ich werf dich die Treppe hinunter! hast du Schurke meinen gnädigen Herrn nicht schon genug betrogen?

(Indem sie auftretten.)

Maier.

Maier. Na, Herr Friedrich! wer wäre doch sonst gute Special! — (schmeichelnd) Ea a Westgen nach der Mode — gestreifelt — proper mit Seide und Gold gewirkt — hot er jetzt habe wolle! muß ja nur e halbe Gülle wohlfeiler gebbe? —

Friedrich. Schmarotz du bey Dummköpfen — mir komm nur nicht zur Seite; ich kenn euch Schurken schon lange, daß ihr immer mit solchen Ränken und Gaukeleyen ehrliche Leute betrügt! —

Maier. Herr Friedrich — Wie er do widder schmußt; — will ich das Leben nicht hobbe — Er kann mers glauben, daß ich wichtige Neuigkeiten an den Zeugen Hrn. Baron hebb. — O! wenn er wüßte! —

Fried. Neuigkeiten? — die darf ich auch wissen! heraus damit — oder? —

Maier. E Brief von der Frä Hofräthinn und der junge Fräles — he! he! he! —

Friedr. Geh mit deinem Lumpenpack zum Teufel — mein Herr hat sein Mädchen, und was scheren ihn da Fräles und Hofräthin! dazu von deinem Schlage. —

Maier. Herr Friedrich — Es hot Eile — ich muß dem jungen Herrn selbst de Brief gebbe. —

Friedr. Mein Herr hat jetzt Geschäfte — Pack dich.

Maier. Ich muß wieder Antwort habe. — No Herr Friedrich —

Friedr. So gib deinen Brief her — ich will ihn überliefern — und ich will die Antwort überbringen.

Maier.

Maier. Auf Parol — darf ich trauen?

Friedr. Auf Parol.

Maier. (giebt ihm den Brief) Hier ist er also! — auf Parol; Kammerdieners=Parol ist sonst nit weit her — aber freyllich der Herr Friedrich! —

Friedr. Pack dich Jude — und spar mir die Mühe, dir den Buckel zu lüften.

Maier. Ich bedanke mich — geb er sich ka Mühe. — No — bestell es gut — Gott behüt ihn Herr Friedrich.

(ab.)

Sechster Auftritt.

Friedrich allein.

Mein gnädiger Herr Bräutigam, wie ich hörte — und auswärtige Liebesbriefe? — und dazu von der Hofräthinn, die dem alten Herrn so verhaßt ist; gewiß ist wieder die verfluchte Kupplerinn, die ihn immer zum besten hat; — ich kanns nicht zusammen reimen; die Hofräthinn banquerott — dem alten Herrn so viel schuldig — und ein Brief an Ferdinand — und die Fräuleins die niederträchtigsten Coquetten der Stadt? — Ha! Friedrich merk auf, belausch dieses Geheimniß; — sey ihm Freund, wie immer redlich mit Feuerernst. Er kennt dich ja und weiß, wie gut du es mit ihm meynst. Und die Sache ist wichtig. Sie betrifft die Ruhe zweyer Liebenden. Ich weiß ja aus Erfahrung, wie schrecklich diese gestört werden kann. Ach ich habe meine

Charlotte Clementini verlohren und muß in einem Stande leben, für den ich nicht gebohren bin! Doch still — (klopft an der Thür) Gnädiger Herr — auf ein Wort! —

Ferd. (nachdenkend) Was willst du mein lieber trauter Friedrich?

Friedr. (bückt sich) Zu viel Ehre für meinen Stand, — Aber, jezt — jezt möcht ichs seyn.

Ferd. (unruhig) Warum Friedrich? — Warum eben jezt — Sprich — warum? — so rede doch — ich wills seyn — dein Freund — nicht mehr Herr — bey diesen Händen, denk, weih ich dir diese Versicherung.

Friedr. Dank für dieses gütige Zutrauen. Sie sollen erfahren, daß Sie es keinem unwürdigen schenkten. — Lieber Ferdinand, den ich so gern glücklich sehe, verwahren Sie ihr gutes Herz mit festen Verstandsgrundsätzen; denn es lauren schwere und für ihr empfindsames Herz fast unüberwindliche Versuchungen auf Sie. Verstehen Sie mich wohl. Das Haus der Hofräthinn Brandini ist ein gefährliches Haus — und Albert, ihr vorgeblicher Freund, ist ein Heuchler, ein Bösewicht.

Ferd. Bey Gott — bedenk, was du sprichst — Albert, mein Freund? — Rede!

Friedr. Ein Spieler, ein Müßiggänger, der ein Betrüger ist und durch feine Verstellungskünste ihr gutes Herz bethört, die Hofräthin und ihr Fräuleinskomplot? — Geben Sie Acht, hören Sie auf meine Warnungen, sie sind die Frucht reifdurchdachter Erfahrungen.

Ferd.

Ferd. Gesetzt', es seye alles dieses wahr, warum kommst du aber eben jetzt damit — Was soll dies Räthselhafte deiner Sprache — Wahrhaftig, der Einfall ist seltsam. Du wirst wohl deine Menschenkenntniß auf die Probe setzen wollen?

Friedr. Nennen Sies, wie Sie wollen, der Einfall ist aber so seltsam nicht. Nur Geduld, die Erklärung folgt der Vorbereitung.

Ferd. Ich höre.

Friedr. Ich war in der Welt, lieber Ferdinand, habe die Menschen kennen lernen; mein Verhältniß zwischen Herr und Diener läßt mich nur bitten. Hätte mir das Schicksal diese subalterne Hülle des Livereygehorsames nicht umgehängt, ich liesse nicht ab, Sie zu beschwören bey dem Zutrauen, dessen Sie mich so eben versicherten, (Er giebt ihm den Brief) vor diesem Brief und seinem vielleicht süssen Gift sich in Acht zu nehmen, und den Verstand, ohne gleich zu schwärmen, zu Rath zu ziehen.

Ferd. Einen Brief (er reißt ihn auf) von der Hofräthin — Himmel, welch ein Innhalt — höre! —

„Theurer Mann, einzige Stütze einer tief gebeugten Mutter und eines unglücklichen Freundes! Kaum vermag ich zu denken, und die der Feder entstürzten Wehmuthsempfindungen zu ordnen, und vor abwechselndem Schmerz und nagender Verzweiflung Sie, einziger Rest meiner gesunknen Hoffnung, an mein bevorstehendes Schicksal zu erinnern, das wie ein Ungewitter über meinem Haupte schwebt. Sie verlassen uns, die wir jede Minute zählen, um Trost von Ihnen zu hören. Bange Ahndungen meines heutigen Elends, haben meine ganze Kraft zerstört — mein Gehirn verwüstet. Ich schwindle an dem Abgrund, mit Schauer bebt mein Blick vor der Stunde des Entsetzens, die mich in unwiederbringliche Schmach schleudert. Wo finde ich einen Retter? Ferdinand, Sie sinds, bey Gott, Sie sinds, oder die Menschenmilde in ihrem Auge müßte eine Lüge auf die Gottheit, und das gräßlichste Pasquill auf ihr Ebenbild seyn. Alberts Versichrung war mir nicht genug, vielleicht wirkt dieser Brief, daß Sie kommen zu ihrer unglücklichen Freundin

Charlotte Brandint.

Ferd. (trocknet sich die Augen — lange Pause — beyde stehen mit gesenktem Haupte) Was sagst du dazu, Friedrich!

Friedr. Beym Himmel, wenn ihr Herz wie ihre Sprache ist — Ein unglückliches Weib. (tief seufzend) O ich kannte auch einst eine Charlotte. Sie wurde auch unglücklich! — Bey Gott und all meiner philosophischen Kälte das kann einem den rechten Punkt im Herzen treffen.

Ferd. (mit Enthusiasm Mit Dolchstichen jeden fehlenden Nerven verwunden, und das Mitleiden mit Allgewalt aufregen. O ich — muß zu ihr hin — Menschenliebe und Freundschaft foderts. — (will fort)

Friedr. Aber ums Himmels willen, lieber Ferdinand, wollen Sie wieder schwärmen, und die Pflichten ihres Amtes vernachläßigen! Wissen Sie nicht, daß heute Regierung ist, und man den Herzog erwartet?

Ferd.

Ferd. Ich kenne die Pflichten meines Amtes, (in den Brief sehend) aber Friedrich einer Unglücklichen Hülfe und Trost zu versagen? — (mit aller Stärke der Empfindung) Einen Elenden, von aller Welt Verlaßnen zu retten, oder ihn trostloß und ohne Hülfe in den Wellen untersinken laßen?

Fried. Es ist heilige Menschenpflicht, den Unglücklichen zu retten, wenn er noch zu retten ist; aber wenn der Retter seine eigne Erhaltung muthwillig aufs Spiel setzt! Sie kennen den Herzog, seine strenge Gerechtigkeitsliebe, und seine Unerbittlichkeit gegen Pflichten Vernachläßigung. Ferdinand! — geben Sie Acht?

Ferd. (schwärmend) Braunschweigs unvergeßlicher Menschenfreund, der Nachwelt unsterbliches Muster der feurigsten Menschenliebe! Friedrich, was that der Herzog Leopold? Rettete er nicht auch mit Gefahr seines Lebens? — Und ich sollt es nicht auch? sollte meinem Herzen die Wonne versagen, eine Unglückliche getröstet, ja sie gerettet zu haben?

Friedr. Aber kann dieser Brief nicht auch boshafte ränkenvolle Heucheley seyn, um Sie zu betrügen? Kann nicht auch Schurkerey die Maske der Ehrlichkeit brauchen? Ferdinand — Welt ist Welt, und in der heutigen bedarf man das Studium der Menschenkenntniß nur allzusehr, um nicht hintergangen zu werden.

Ferd. Laß mich — kühle meine Empfindungen nicht durch kalte Abstraktionen! Noch schlägt mein Herz warm; Auf — gehandelt. (will fort.)

Friedr.

Friedr. Armer Schwärmer, und so wollen Sie meinen Warnungen kein Gehör geben! (er führt ihn zurück) Bleiben Sie — überdenken Sie nochmal reiflich den Schritt, den Sie thun wollen, in seiner ganzen gefährlichen Wichtigkeit. So weit meine Kraft. Sie sind Herr und ich Diener.

(ab.)

Siebenter Auftritt.

Ferdinand allein. Hernach **Elise.**

(Kurze Pause — sinkt erschöpft auf ein Stuhl) Du hast wohl recht, guter Mann, hast die Welt kennen lernen, und ich sollte deine Erfahrungen nützen; aber der Trieb selbst zu erfahren und zu prüfen, pocht zu laut in mir; der Schöpfer legte ihn in den Menschen — Ach! und Er hat ihn ja gut geschaffen. — Unglückliches Weib, wo findest du einen Retter — Ferdinand, Sie sinds! — Ja ich bins — bey Gott ich wills seyn. Ein heiliger Schauer des Entzückens durchbebt mein Herz, daß ichs seyn soll. (wirft den Brief in der Zerstreuung hin — kniend) Vater der Wesen, stärke mich, laß den heissen Durst meines Herzens nach Wohlthun gestillet werden; ich möchte gern wie Du werden. Ach und das kann ich nur auf diesem Pfade: (Nimmt die Akten und rennt davon.)

Elise. (stürzt heraus ihm nach) Ferdinand, mein Ferdinand — mein Geliebter — ums Himmels willen, was beginnt er? — Ha er schwärmt wieder;

— und

ein Schauspiel.

— und was mag ihn denn dazu entflammt haben?
— (erblickt den Brief) Hier ein Brief, — (wickelt den Umschlag vollends auf) und ein noch nicht gelesenes Billetgen. Hier werd ich Aufschluß finden; die Vorsicht ließ mich dich finden, dein Geheimniß zu erfahren. Fort, daß mich Niemand hier antrifft. O ihr Mächte des Himmels, führet ihn doch einmal zur Vernunft zurück! —
(ab.)

Ende des ersten Aufzugs.

Zwenter Aufzug.

Erster Auftritt.

(Wohnung der Hofräthin.)

Die Hofräthin mit einem Tuche ihre Augen bedeckend. Fräulein Jaßini und Tillier am Arbeitstisch. Hernach Albert und Maier. Zuletzt Ferdinand.

Jaßini. Aufgemuntert, liebe Hofräthin, wir werden bald Nachricht erhalten, ob der liebe Schwärmer kommen wird.

Til-

Tillier. Daran zweifeln Sie gar nicht; mein Zettelgen wird sein respektive liebedurstiges Herzgen noch mehr angefeuert haben, hieher zu kommen.

Hofr. Brandini. Ach! ich glaube schwerlich, liebe Freundinnen, bey dem Gedanken an seinen Vater und den heutigen Regierungstag schwindet alle Hoffnung dahin, heute ihn hier zu sehen, bis mein Schicksal stadtkündig ist.

Maier. (vor der Thür) Und as er nit komme thät, warte Sie nur e anzige Viertelstund, und er wird do seyn. Ist er nitt (im Hereintreten) alleweil über de Markt geloffe als obs hinterm brennte.

Albet. Du sahst ihn also — gabst ihm selbst den Brief.

Maier. Jou, bey dem Musje Friedrich kommt nier schön an; der läßt unser eis nit vor de Herrn.

Hofräthin. (bekümmert) Du warst also gar nicht bey ihm?

Maier. Diener Fra Hofräthin; ich häb ihn ser alleweil gesehn — Der Herr Friedrich hat em be Brief gegebe, und er wird gleich do seyn.

Hofräthin. Ach daß es der Himmel segnete, und ihn mein Brief gerührt hätte, hieher zu kommen; vielleicht könnte er durch Vorspruch bey seinem Vater und dem Herzog, meinen Kummer mildern, und mir noch Aussichten zur Rettung verschaffen.

Jaßini. Sorgen Sie nicht, meine Liebe! Es wird alles gut gehen, wenn er nur einmal da ist. Haben wir sein Herzgen in der Klemme, so muß es so lange klopfen und winseln, bis es nach unsern Wünschen sich stimmt.

Hof-

Hofräth. O! mißbraucht sein gutes Herz nicht zu Uebereilungen und leichtsinnigen Handlungen! (in Thränen ausbrechend) mir ist ja doch nicht mehr zu helfen!

Tillier. Nur keine Thränen, liebe Hofräthin, nicht traurig, sonst verstimmen wir die gute Laune, die ihn einschläfern soll. Verzweifeln Sie nicht an einem guten Erfolg. — Nicht wahr, Albert, ich hoffe auch mit meinen Reitzen noch ein gutes pro Centgen zu erobern! (lacht)

Maier. Dafür bin ich gut.

Jaßini. (launisch) Das will ich glauben: Zwey junge Mädchen, mit einem Paar schmachtenden Augen, rothen blühenden Wangen, schlanken Wuchs, voll Witz und Verstand, bald zärtlich, bald spöttisch, bald schmachtend, bald rasch mit sanftem Ungestüm — (modelirend) bald Schäferin, bald süsse, empfindsame Schwärmerin! — führet den gefühllosen Held blutig aus der Schlacht — führt einen kalten Greiß vor solch zwey Flammensäulen. Sie werden glühen — und ihre Herzen den Gottheiten opfern.

Maier. (streicht sich den Bauch und schmatzt einen Seufzer) Daß dich der Gukguk übers Weibvolk! — Werd mers ordentlich unter de 10 Gebotte warm (für sich) sind ach e paar rare koscher Rolle.

Albert. (der bisher nachdenkend in der Ecke stand) Ihr habt gut schäkern, ihr losen Mädchen; wenn einem aber das Wasser an dem Kragen geht, dann schöpft man nach Athem und Leben. Wir stecken zu tief, als daß wir anders ohne Gottes — oder des Teufels Hülfe könnten gerettet werden,

Hof=

Hofrath. (seufzt) Ach Gott! —

Albert. Zwar für Ehr und Leben wagt man auch das Aergste.

Maier. Jou! do hat er recht, Herr Brandines; so macht mers heut zu Tag; so armer Jud aber wie unser Anes — wenn der dem Teufel mit Banquerott und Ehrlichkeit in den Ranzen fährt, so frägt mer nit derno. Hat mer nit um sein schoffles Auskommen — mit de Goims zu thun! Daß Gott erbarm. (kratzt sich)

Albert. Horch! — ich hör ihn kommen. Maier, fort mit dir ins Nebenzimmer, bis ich dir winke. Auf eure Posten, Frauenzimmer — die Larve vor — und wehe dem, der mit seiner Rolle durchfällt!

Zweyter Auftritt.

Die Vorige und Ferdinand von Lachenau
(die Akten unterm Arm.)

Ferd. (verstört und blaß) Bin ich denn würklich hier oder ist es ein Traum? (alle beben vor seinem Anblick zurück) alles so still, so grausenvoll schweigend, wie in einer Todtengruft! — Freund Albert, gestern so munter und jetzt keinen Laut?

Albert. Blick hin auf meine unglückliche Mutter; und lese die Verzweiflung auf ihrer Stirne; und dabey soll ihr Sohn gleichgültig bleiben?

Ferd.

ein Schauspiel.

Ferd. Euer Unglück rührt, drückt mich zu Boden, ich fühle jeden Schlag des Schicksals, der euch trift, doppelt — Doch was ich vermag! —

Albert. Wir sind nicht mehr zu retten! — Arm, verachtet, nicht mehr deines Umgangs werth, laße mich Abschied von dir nehmen!

Ferd. Albert, um Gottes willen, was beginnst du — liebe Hofräthin —

Hofräthin. Sie fragen mich, lieber Ferdinand? — tragen Sie nicht mein Unglück unterm Arm? Lassen Sie michs hören und dann verzweifeln.

Ferd. Es ist schrecklich für ihr Herz — Was hilft es, wenn ichs ihnen verberge; Sie sind zum Schulden- und Kosten-Ersatz verurtheilt; im Ausbleibungsfall — (verbirgt sein Gesicht)

Hofräthin. O! sprechen Sie es ganz aus, aus Ihrem Mund mein Urtheil zu hören, ist Trost, und lindernde Beruhigung für mein Herz. Reden Sie, Ferdinand.

Ferd. Armes unglückliches Weib — wie kann ich ihnen helfen — Sie wollen es hören — Landesverweisung — Infame Landesverweisung ist die schreckliche Drohung!

Hofräthin. (tiefe Pause, in der Sie allmählig zusammensinkt) Barmherziger Gott! Wer rettet mich!

Tillier und **Jaßini.** Ums Himmels willen Frau Hofräthin, zu Hülfe — zu Hülfe!

Albert. Oh! meine Mutter — ach Himmel, welcher Zustand! Bist du deswegen gekommen, um auch die Unglückliche noch zu tödten.

Tillier. Sie kommt wieder zu sich — Nur still, es war eine heftige Erschütterung.

Ferd. O Gott, das halt ich nicht länger aus. Hier muß geholfen werden.

Tillier. Ach wenn Sie können, edler Mann, helfen Sie! ich bitte, beschwöre, (kniend) flehe kniend Sie an für meine unglückliche Freundin?

Ferd. Stehen Sie auf, liebenswürdiges Fräulein; ich will ja alles thun, was in meinen Kräften steht.

Jaßini. Sie können helfen, o thun Sie es, lieber Ferdinand!

Albert. Hören Sie es, liebe Mutter! Ferdinand will uns helfen! (er umarmt ihn) O laß dich ans Bruderherz drücken, einziger, vortrefflichster der Menschen, wirst du uns nicht von dir stoßen, wenn wir uns an dich schmiegen?

Hofräthin. (wankt und sinkt vor ihm nieder) Wär es möglich, daß wir hoffen könnten, und an Ihnen, theuerster Menschenfreund, eine Stütze hätten — Wäre es möglich?

Ferd. Aber wie kann ich euch helfen, auf welche Weise?

Albert. Nur ein Fürwort bey dem Herzog — Aufschub des Bezahlungstermins — Dein Vater kann ja —

Ferd. (zurücktretend) Mein Vater ist ein ehrlicher Mann. Seine Ehre muß mir als Kind heilig seyn. Auf dieser Seite kann ich eure Rettung nicht bewirken.

Til.

Tillier. (mit Feuer seine Hand ergreifend) Ferdinand, edle vortrefliche Seele, Sie können so lange zaudern, einer Unglücklichen ihre Hoffnung und Zufriedenheit wiederzugeben. Ach! ich verkenne ihr wohlthätiges Herz nicht, nur muß es zu Zeiten erwärmt werden. (Sie führt ihn zur Hofräthin) Blicken Sie hin auf die Unglückliche, sehen Sie ihre harmvolle verzweiflende Miene — ihre von Gram erblaßte Wangen — den verlöschenden Blick ihres Auges; — Sehen Sie meine Thräne — folgen Sie der Stimme ihres Herzens. (buhlerisch) Dieses Herz, Ferdinand, kann nur durch solche Thaten errungen werden — Es soll dein seyn auf ewig, Jüngling? Wenn du Sie rettest!

Albert. (nickend gegen Tillier) Und mein, dann Elise — ich in den Stand gesetzt, ihre Hand anzunehmen; (mit Enthusiasm) Sie den Vorwürfen deines Vaters endlich entrissen; mein auf ewig.

Ferd. (mit finsterm Ernst zurückfahrend) Elise meine Braut — Dir versprochen? Höre ich recht? —

Albert. (heiter) Noch gestern Abend, wie wir aus der Assemblée gingen, versprach sie mir unter tausend Küssen und Betheurungen, ewig die meinige zu seyn.

Ferd. Ist es möglich — ich sollte hintergangen seyn, die treulose Buhlerin hätte mich geäfft! — (sich erholend) Gnug! gnug! ich will euch helfen.

Tillier. Dank, mein Ferdinand — Nun an mein Herz, theurer Jüngling? —

Ferd. Hat ein Mädchen — zurück! — der Mann bleibt Mann; — mein Herz ist zu allem fähig, was die Liebe aus ihm machen will, aber hier stockt Empfindung und Selbstgefühl. Ach! ich liebte Elise — liebte wie kein Sterblicher je liebte; (wehmüthig) Mädchenliebe ist meinem Herzen nun ein Eckel.

Tillier. Undankbarer! Meine Liebe zu verschmähen.

Ferd. (auf und ab gehend) Geduld, ich will euch helfen, und sollte ich meine eigne Glückseligkeit aufopfern. (Alberts Hand ergreifend) Es ist mir unbegreiflich — Elise liebt dich, und du liebst sie?

Albert. Ich weiß nicht, Bruder, wie du mir vorkömmst; hat dich denn dieses so ausser Fassung gesetzt? Kannst du in dem Besitz einer Tillier noch wählen?

Ferd. Laß es gut seyn. Dinte und Feder herbey.

Hofräthin. Aber der Zorn ihres Herrn Vaters — wie ist es möglich, mir zu helfen?

Ferd. Ihre Rettung ist beschlossen, und sie soll jetzt ihre Würklichkeit erhalten.

Maier. (aus der Thür zu Brandini) Ist es bald Zeit, Herr Brandines?

Albert. (nickt ihm leise) Noch nicht.

Jaßini. (bringt Dinte und Feder) Hier lieber, guter Wohlthäter.

Hofräthin. Ich kann vor Unruhe nicht zu mir selbst kommen.

Ferd. (murmelnd) Ihr sollt mit meinem Erbtheil bezahlt werden. (schreibt)

Hof-

ein Schauspiel.

Hofräthin. Oh wie kann ich es ihm vergelten, dem edeln Menschenfreund; — mein Leben ist zu wenig, denn er rettet meine Ehre, die mir mehr als Leben ist.

Ferd. Hier ist meine Caution für euere Schulden; Wenn ihr es vorzeiget, so werdet ihr euere Sicherheit erhalten.

Hofräthin. (ihn umarmend mit Thränen) Das ist zu viel, mein Wohlthäter, wie können Sie dem Haß ihres Herrn Vaters so viel zutrauen, daß er ihr Versprechen erfüllen wird?

Albert. (zu den übrigen) Das übersteigt meine grössesten Wünsche.

Hofräthin. Ueberlegen Sie es nochmal — lieber Ferdinand! — Der Haß ihres Herrn Vaters — die Strenge des Herzogs! — Wird man nun die unglückliche Brandini nicht noch tiefer stürzen, da man glauben könnte, wir hätten Sie verführt?

Ferd. (der bisher nachdenkend dastand) Seyn Sie ruhig, liebe Freundin; mein Vater ist ein ehrlicher Mann — er kennt seinen Sohn, und wird es aus Liebe zu ihm thun. (wird allmählich blässer) zudem wird das ganze bald eine andre Wendung bekommen.

Maier. (hervortretend) Nun Fra Hofräthin und gnädige Herrschafte — ich werd also mit meinen 2000 st Gulde nit vergesse werden: will eweil den Wechsel hole — unter der Zeit empfehl mich zu Gnaden. (ab)

Albert. Bruder! deine Stirne wird finster, deine Seele brütet fürchterlich über einem Gedanken der schreckliche Nacht über dein Auge verbreitet.

Tillier. (sanft seine Hand ergreifend) Ferdinant, Sie vergessen in dem Schwarm ihrer Empfindungen —

Ferd. Ha! schreckt den Gedanken, der mein Gehirn fürchterlich hitzt, auch noch zum Nachdenken auf. Ich habe geschwärmt, aber diese Schwärmerey soll bald zur Würklichkeit kommen. (zu Tillier) Ich liebte Sie unendlich — hätte mein Leben für Sie hingegeben. Sie schwur mir heute ewige Treue — und brach sie!

Tillier. O ich will Sie entschädigen — will ihnen diesen Alltagsverlust zu ersetzen suchen!

Ferd. Stille — nichts davon; und wenn sie eine Gottgesandte wären, ich bin itzt nicht zum Tändeln gestimmt; eine andre Empfindung durchwühlt mein Innerstes — Lebt wohl!

Albert. Bruder! ums Himmels willen, ich darf dich nicht lassen, bevor du mir entdeckst —

Ferd. Laß mich! mir ist hier alles zu enge — O ich Unglücklicher! Welche schreckliche Zukunft! (will fort.)

(Alle hängen sich an ihn) Wohlthäter — Retter, o bleiben Sie! —

Ferd. O laßt mich; (reißt sich los) lebt ewig wohl. (ab.)

Drit-

Dritter Auftritt.

Die Vorigen. Hernach Friedrich.

(lange Pause)

Tillier. Ist das der Schwärmer, den wir zu fesseln hofften?

Albert. Und eben itzt schwärmt er! Aber Himmel! was wird der bey Elisen für Lärm machen; die weiß nichts von meinen Liebesanträgen, — ja ich war nie so glücklich, dies sonderbare Geschöpf nur auf einen günstigen Gedanken für mich bringen zu können. Der wird anrennen!

Tillier. Ha! er wird sich schon wieder anders besinnen, und unser anerbieten mit vollen Händen ergreifen.

Hofr. Gerettet, Kinder, gerettet von Schmach und Elend! Kaum kann ich's fassen; — Aber was habt ihr vor?

Friedr. (hereinrennend) Ist mein gnädiger Herr nicht hier?

Albert. Er ist noch nicht lange von hier fort.

Friedr. Alles ist im ganzen Hause verstört — nicht auf der Regierung gewesen, und der Herzog wurde erwartet. Gott, was wird aus dem allem noch werden! (ab.)

Hofräthin. Kommt Kinder! Laßt uns mehr über das Vergangene nachdenken. Wenn es doch Gott zum Besten lenkte!

(gehen ab.)

Brandini. allein (auf und abgehend) Daß dieser angesponnene Plan ein Meisterstück des spitzbübischen Betruges ist, wird wohl kein Mensch läugnen. Eifersucht ist das beste Mittel, Ehrgeiz und Schwärmerey zu entflammen. Sie ist ja die Kabale der Höllenpolitik; den Menschen vom Himmel zu reissen, und den Heiligen in das Interesse des Teufels zu locken. Elise — schön und reich! Welch ein herrlicher Lohn meines gefährlichen Wagestücks! — (nachdenkend) Aber welcher Mensch vermag allein die Schaale der Bosheit zu mischen, mit starkem Arm und Blick sie zu halten, und sie mit glücklichem Erfolge auszugiessen? Der Präsident — Ha! dieser Schadenfroh wird Höllenwonne fühlen, wenn sich ihm ein solcher Plan darbeut; — Wohlan, (nimmt die Akten) wir machen einen Versuch, gelingts nicht, was hat der zu verlieren, der an Ehre und Vermögen banquerott ist. (ab.)

Vierter Auftritt.

Zimmer im Lachenaulschen Hause.

Elise. Hernach Ferdinand.

Das ist also der Lohn meiner Treue? — so schändlich betrogen zu seyn. Du hast mich aufgeklärt, unglückliches Papier, und ich erwache fürchterlich aus meiner angenehmen Täuschung. — Daß ich mich so glücklich glaubte von ihm geliebt zu seyn, (unwillig) dem Ungetreuen? (liest in den Briefen) „Wenn

„Wenn ihre Caroline bittet, werden Sie wohl so grausam seyn, und Hoffnungslose zu verlassen? Ganz die Ihrige"

Caroline v. Tillier.

Ha! darum rennte man so enthusiastisch; und einer solchen Dirne wegen vergaß man die Pflichten seines Amts. O der Schwärmer ist unbeständig, die leiseste Empfindung wälzt ihn, wie eine Meereswoge das wankende Boot. — Armer betrogner Ferdinand — (zusammengeschreckt — verbirgt die Briefe) Da kommt er, wie er daher schleicht, als wenn das Nachdenken einmal bey ihm erwacht ist.

Ferd. Es ist geschehen (mit einem tiefen Seufzer) und auch bald mit mir — wissen muß Sie es noch — und dann werde ich die Ruhe suchen, die ich bisher noch nicht fand.

Elise. Doch wohl nicht aus Liebe zu mir, Herr Baron?

Ferd. (sich umsehend) Ha! Sie auch da, Fräulein! hätte Sie hier nicht vermuthet? —

Elise. Ey warum nicht; wir Frauenzimmer sind nun einmal solche Geschöpfe! Wenn wir Bräute sind, so wollen wir gern immer um den Geliebten seyn; denn, wenn wir herzlich lieben, hängen wir mit voller Seele an dem geliebten Gegenstand, (bitter) wenn sie uns auch zuweilen auf sich warten lassen, und anderswo — bringendere, vielleicht angenehmere Geschäfte haben.

Ferd. Sie belieben zu scherzen, Fräulein; hätte meine Seele gegenwärtig nicht schwerere Gedanken zur Arbeit, ich würde ihnen so antworten, daß sich der Scherz ändern sollte.

Elise. Sie sind nicht bey guter Laune, Herr Baron; — that dann das gute Kind so spröde, suchte es nicht ihre feurige Ankunft mit Flammenküssen zu erwiedern, (mit Ernst) Ihre Briefgens zeigen doch sonst von keiner phlegmatischen Seele.

Ferd. Sie sind räthselhaft. (ernstlich) Ihr Scherz ist wahrhaftig itzt zur Unzeit angebracht.

Elise. Freylich! (mit bitterm Unwillen) so kleine Liebesintriken darf man weder mit Spott noch mit Schmerz bestrafen. Die Braut darf sich um solche galante Heimlichkeiten nicht bekümmern. Heurathsversprechungen, Formalitäten maskiren ja sehr oft Liebe und Vertraulichkeit. Es ist ja heut die Mode so.

Ferd. Bey Gott, Fräulein, ihre Laune ist verflucht ärgerlich — Mit solchem unverständlichen Gewäsch plagen Sie mich nicht länger.

Elise. (in Thränen ausbrechend) Und ist es doch nur allein die Frucht heisser Liebe, die ich dem Ungetreuen opferte! Seinen Verlust darf ich ihm nicht einmal klagen, Er ist auch nicht mehr Tröster und Freund, so kalt ist seine Liebe schon. Der Ungetreue!

Ferd. Ungetreu! Haben Sie ohne Selbsttäuschung vielleicht Ihr Bild in meinen unruhigen Minen gelesen, und wollen mir die Vorwürfe ersparen? — oder ist es eine Galanterie, daß wir die Rollen mit einander wechseln?

ein Schauspiel.

Elise. (mit Ernst) Sie schwuren mir ewige Treue, Ferdinand — und um mich recht tief zu kränken, huldigen Sie einer andern. (giebt ihm den Brief) Lesen Sie selbst — Mein Scherz ist keine Laune.

Ferd. Elise, bey dem Allscheyden, hier ist Mißverstand. Ach könnte ich es auch von Ihnen sagen!

Elise. Wie können Sie wagen, mich dessen zu überreden? — Täuschen mich meine Augen?

Ferd. Müller ist eine Buhlerin — Sie verschwendete ihre ganze Buhlschaft, mich zu fesseln, aber ich blieb treu — dir, der ungetreuen Heuchlerin.

Elise. Ich ungetreu — Heuchlerin! O Gott verzeih dir diese Lüge.

Ferd. Lüge? ich hätte mich täuschen lassen? O nein! so viel Vorsicht hatte die Dirne nicht, ihren Liebesplan mir aus Wohlthat zu verheimlichen. Das war die Sprache der Täuschung nicht. — Der Freundschaft entschlüpfte dies unglückliche Geheimniß, und ihr ruhiger, unbefangener Blick sprach sie von allem Verdacht frey.

Elise. Man hat Sie schändlich hintergangen. Sie kennen die Menschen noch nicht gnug; O Ferdinand!

Ferd. (nimmt sie bey der Hand) Sieh mir nur ins Auge, — liebst du den Brandini?

Elise. Nicht der geringste Gedanke daran kam je in meine Seele.

Ferd. Elise, bey dem Richter der Lebendigen und der Todten beschwöre ich dich, rede. Sagtest du ihm nicht selbst, daß du ihn liebtest — daß du ewig die seinige seyn wolltest?

Elise. Ich liebte ihn nie.

Ferd. Er selbst sagte es, Albert, mein Freund, mein Einziger — Er trügt nicht, er redet nicht Unwahrheit.

Elise. Halt ein, du schwärmst in der Freundschaft. Er ist ein Bösewicht, der dein gutes Herz mißbraucht; und, wie das Räthsel sich jezo auflöset, dir diese Unwahrheit erdichtete, um dich ins Garn der Tillier zu locken.

Ferd. Geprüfte Freundschaft führt selten Untreu und hämische Bosheit im Busen; aber Liebe windet sich durch Schlangenkrümme. Das Heiligste des Schwures ist ihr nicht mehr heilig um den Besitz eines Gutes. Albert ist mein Freund, und ich bin izt aufgeklärt.

Elise. Kommen Sie zu sich, lieber Ferdinand, Sie schwärmen!

Ferd. O daß ich schwärmte! — Daß alles dieses nur ein Traum wäre, und daß ich endlich erwachte, und sähe, daß ich nicht hintergangen sey; — aber es ist nicht anders; Nun sind mir alle Menschen Kreaturen des Unglücks und der Verrätherey. (will fort) Ich muß von hinnen.

Elise. Unglücklicher! Wahnsinn fehlt noch, uns alle in Jammer zu versetzen.

Ferd. Ha! du hast recht geredet. — Leb wohl. — Laß uns scheiden.

Elise. Geliebter, bleibe! — Das ganze wird sich ja enträthseln, und meine Unschuld wird an den Tag kommen.

Ferd.

Ferd. Ich kann nicht mehr. Es ist noch mehr, o noch sehr viel, das mich abruft. (er giebt ihr einen Ring) Mädchen, ich liebte dich, war dir treu. Nimm diesen Ring, er sey dir das heiligste Symbol meiner Liebe, worauf du leben und sterben kannst. Nimm ihn hin, und (reißt sich los) mich zum Opfer.
(wild ab.)

Elise. (sinkt in Ohnmacht) O ihr Heiligen des Himmels! haltet ihn zurück.

Fünfter Auftritt.

Regierungsrath von Lachenau. Frau von Seltner, und Friedrich.

v. Lach. Ach Elise, meine Tochter! — Zu Hülfe, Schwester — Friedrich, zu Hülfe!

v. Seltner. Ach Gott, was ist denn geschehen?

v. Lach. Ach! an dem Tage, wo ich so fröhlich seyn wollte.

v. Seltner. Nur ruhig. Sie kommt wieder zu sich. Es war mehr Betäubung als Ohnmacht.

Friedr. (für sich) Mein Herr wird wieder dumme Streiche gemacht haben. Wenn das gut abläuft, so will ich's loben.

Elise. (ihre Arme ausstreckend) Wo ist er! bringt ihn zurück!

v. Lach. Aber rede doch, mein Kind, mit wem hattest du diesen heftigen Wortwechsel?

Elise. Mit wem anders als mit ihm?

v.

v. Seltner. Mit wem? Ziehen Sie uns doch aus der Verlegenheit!

Elise. Mit meinem Ferdinand, der mich untreu glaubt.

v. Lach. Der bringt mich noch unter den Boden mit seinen tollen Schwärmereyen. Wie er nur wieder auf diesen Einfall gekommen ist, da du ihm keine Gelegenheit dazu gegeben hast.

v. Seltner. Mit wem hat er Ihnen denn im Verdacht?

Elise. Den ich kaum nennen mag, mit dem jungen Brandini.

v. Lach. (finster) Mit Brandini, dem Sohn meiner ärgsten Feindin, dem nichtswürdigen schlechten Vagabunden?

v. Seltner. Und Sie sind unschuldig?

Elise. Gott weiß, ich bins.

v. Lach. Mädchen! O wenn du mir heute meine Freude verdorben hättest!

Elise. Dann treffe mich ihr Fluch, und ihre Verachtung, das Schrecklichste auf der Welt.

v. Seltner. Und Sie haben ihm nirgends Gelegenheit zum Argwohn gegeben. — Neulich in der Assemblée — Brandini führte Sie nach Hause.

Friedr. Ich bürge mit meinem Leben für die Unschuld des Fräuleins. Brandini, der Schurk, den mein gnädiger Herr für seinen besten Freund hält, hat wieder dessen Schwärmerey zu nützen gewußt.

v. Lach. Unmöglich kannst du schuldig seyn, liebes Mädchen; ich kenne dich, meine Tochter, komm!

komm! du hast Erholung nöthig. (zu Friedr.) Ist Ferdinand von der Regierung wieder zurück?

Friedr. Gnädiger Herr!

V. Lach. Ich meyne ob er auf der Regierung gewesen ist? —

Bed. Ein Bedienter des Herrn Präsidenten fodert vorgelassen zu werden.

(ab.)

V. Lach. Und was wird der wollen! —

V. Seltner. Schreckliche Ahndungen! (ab)

Sechster Auftritt.

Friedrich allein.

Wenn das nur gut abläuft! — Mein Herr nichts auf der Regierung gewesen — der Herzog so strenge! — Wenn er nur nicht gar dumme Streiche wegen dem Proceß machte. O! mir ahndets. (Jud Maier guckt herein, und schneidet saure Gesichter über Friedrichs Anwesenheit) Denn ich kenne seinen Charakter!

Maier. Kann ich de gnädige Herrn sprechen, Herr Friedrich?

Friedr. Bist du schon wieder da Schurke, wirst nicht eher Ruhe haben, bis ich dir eine Tracht Prügel zum Andenken gebe.

Maier. Gott behüt, — Er is gar zu spendabel mit dieser Münz, mit ihm mog ich nit handeln.

Friedr. Was willst du aber wieder?

Mai=

Maier. Meine 2000 Stik Gulde, die der gnädige Herr vor die Fra Hofräthin bezahlt.

Friedr. Mein Herr, die 2000 Gulden? So viel Prügel, dir impertinenter Schurke und Betrüger!

Maier. Mei Herr Friedrich — Er muß gestudirt hábbe, daß er so gut schimpen kann. Gell er zu Eselsdorf.

Friedr. Jud, (kriegt ihn beym Kopf) ich würde dich würgen, Canaille! Wenn ich dem Teufel nicht damit einen Gefallen erwiese, dem ich keinen thun will.

Maier. Auh weyh — auh weyh! —

Ferd. (tritt herein) Was ist hier zu thun, warum zankt ihr?

Maier. Nehmen Sie mers nit zur Ungnade, der Herr Friedrich zankt allemal, wenn ich zu Sie will. Die 2000 Stik Gulde Herr Baron? —

Ferd. Seyd ruhig, Maier! Ihr sollt bezahlt werden.

Maier. Also alleweil nit? ich häb den Wechsel bey mer.

Ferd. Nein! ich habe wichtigere Geschäfte; geh nur, du erhältst dein Geld; auf Ehre.

Maier. No das ist doch e Wort — trägt freilich heut zu Tag wenig Zins in — aber so em brave Herrn trau ich. Ich empfehle mich also zu Gnaden (ab.)

Friedr. Sie haben sich schlecht vorgesehen, lieber Ferdinand — haben sich von dem Juden und dem schändlichen Brandini ins Garn locken lassen.

Ferd.

ein Schauspiel.

Ferd. Halt ein ehrlicher Kerl — mit Vorwürfen, es ist zu spät — Sie fruchten nichts mehr.

Friedr. So haben Sie sich denn ganz in Ihr Verderben gestürzt. — Sie trauten Ihrem Herzen zu viel, und vergaßen, die Vernunft darüber zu Rathe zu ziehn.

V. Seltner. (tritt auf) Dein Vater, Ferdinand, verlangt dich zu sprechen.

Ferd. Ich werde erscheinen.

V. Seltner. Gott! das muß ich noch an dir erleben. — Dein Vater ist vor Bestürzung ausser sich; — Vermuthlich betrifft dich die Nachricht vom Präsidenten.

Ferd. Was ich gethan habe, werde ich verantworten.

V. Seltner. Elise ist ganz trostlos; — Welch einen Kummer bereitest du mir zu, die ich dich von der Wiege an erzogen habe!

Friedr. (leise) Um ihn endlich unglücklich zu machen durch ihre verfluchte Modezucht.

Ferd. Tante, hören Sie auf — mein Herz blutet ohnehin schon genug.

V. Seltner. (weint) O! wie bange ist mir vor der Zukunft. — Dein Vater erwartet dich. (ab.)

Ferd. Ich werde nachkommen. (Zieht Pistolen aus dem Sack, legt sie auf den Tisch. Leise) Jezt will ich Abschied nehmen von meinem Vater — und dann —

Friedr. (einfallend) Gnädiger Herr! — Ein schreckliches Vorhaben zittert in ihrem Busen. Reden Sie!

Ferd.

Ferd. (umarmt ihn mit Ungestüm) Verlange das nicht vor jetzt, ehrlicher Kerl — Gewöhne dein Aug, nichts zu sehn! Leb wohl!

Friedr. (der ihm ganz betäubt nachsieht) Ha! ha! stehen wir so mit einander! Wills dahinaus? (besieht die Pistolen) Gut gemacht, Herr Baron — Erst dumme Streiche, dann sich erschossen — und so seinen alten guten Vater unglücklich gemacht. Nein! daraus wird nichts — Wir ziehen die Ladung hübsch heraus — und lassen den Poltron ausrennen; vielleicht wäre das die beste Arzeney gegen seine Schwärmerey! (ab.)

Ende des zweyten Aufzugs.

Dritter Aufzug.

Erster Auftritt.

Regierungsrath von Lachenau. Frau von Seltner.

V. Lach. (geht nachdenkend auf und nieder) Sich so zu vergessen — nicht nur meine grenzenlose Vaterliebe durch Ungehorsam und Undank aus den Augen zu setzen, sondern auch die Pflichten seines Amts! — Mein einziger Sohn hat dieses an dem Ta=

Tage, der der glücklichste meines Lebens seyn sollte? — O! ich möchte laut weinen!

Fr. v. Seltner. Und was sollen wir nun anfangen — Der Haß des Präsidenten, die Strenge des Herzogs; — (weinend) Ach! daß Gott erbarm! —

v. Lach. Ja wohl, daß Gott erbarm! Schöne Aussichten für einen Vater, der am Ziel seiner Bestimmung steht, von Jedermann geliebt, geehrt, und geachtet von meinem Fürsten, und nun durch meinen Sohn um Ehre und Ansehen gebracht.

v. Seltner. Ach! was nun anfangen — ich weiß keine Ausflucht.

v. Lach. (fortfahrend mit steigender Leidenschaft) Wie sie sich nun freuen werden meine Feinde — der Präsident — wie sie nicht alles aufsuchen werden, um mich zu stürzen, und bey dem Herzog anzuschwärzen? — O meine Ehre —

Fr. v. Seltner. Aber was hat denn dies für einen Bezug auf Ihre Ehre — Sie sind ja am ganzen Vorfall schuldlos.

v. Lach. (unwillig) O Madame Schwester, wenn Sie auch die größte Hälfte der Schuld auf sich nehmen, wie Sie solche auch haben, so bleibt mir armen Vater noch gnug zur Verantwortung übrig.

v. Seltner. Nun werd ich wohl noch am ganzen Schuld seyn! —

v. Lach. Erziehung Schwester macht den Menschen zum Menschen — Sie ist die Pflegmutter eines

nes Engels oder eines Teufels — Sie werden mich hoffentlich verstehen.

V. Seltner. Hab ich ihn denn etwa verwahrloßt, sind mir nicht überall Lobsprüche wegen seiner vortreflichen Etikette gemacht worden?

V. Lach. Mit eurer verfluchten Etikette, die den guten Naturmenschen zu einer Marionettenpuppe macht — daß er von eurer Mode abhängt, wie die Handlungen eines Marionettentheaterkönigs vom leitenden Faden des Komödianten abhängen. Das sind die Folgen, daß der junge Mensch ein Tändler, ein Empfindler — ein Schmetterling wird — der fürs Amt und seinen Beruf nichts taugt, weil er nur um geile Sophas — schaale Koketten und Pubertische seine Beschäftigung hatte. Gnug! wir brechen ab — es gehört nicht hierher. Hier muß gedacht und gewürkt werden! —

V. Seltner. Wenn doch der Tag schon vorüber wäre! —

V. Lach. Ferdinand soll zu mir kommen. Wo er so lange bleibt! —

V. Seltner. Ich will nachsehen.

(ab.)

Zweyter Auftritt.

V. Lachenau allein. Hernach Ferdinand.

O! meine Wünsche, meine goldene Hoffnungen, sie sind dahin — alle — dahin, wie unsere edelste Pläne und feinsten Freuden. Ist es denn immer das Schick-

Schickſal der Väter, daß ſie für ihre Sorgen, für ihre durchwachte Nächte ſo ſchändlich durch den Leichtſinn ihrer Kinder hintergangen werden? O! glückſeliger Naturſtand des Landmanns, wo noch Unverdorbenheit und unſchuldige Herzensſitte wohnt; wo doch dem Vater das ſüſſe Vatergefühl nicht vergällt — und er ſeines Kindes froh werden kann. Wir haſchen im Hof und Stadtleben nach höherem Glück, Phantomen — und täuſchende Bilder erhizter Phantaſie wecken Hoffnungen in uns, und wir haſchen mehrentheils nach unſerm eignen Verderben; **Weil Abweichung von der Natur, Abweichung von der wahren Glückſeeligkeit iſt.**

(Ferdinand tritt traurig und mit niedergeſchlagenen Augen auf.)

V. Lach. Fühlſt du dein Vergehen — daß du an dem glücklichſten Tag deines alten Vaters, ſtatt der Gegenſtand ſeiner Freude, nun der Verabſcheuung geworden biſt?

Ferd. (knieend) Ihre Verzeihung, Edelſter, beſter der Väter! —

V. Lach. Könnte ſie deinen Fehltritt wieder gut machen; und meine Ehre, meine Ruhe — und dir deine Zufriedenheit wieder geben; —

Ferd. Ich habe geſündiget — unausſprechlich gefehlt gegen Sie mein Vater! Strafen Sie mich, — gern will ich alles dulden — aber nur ihre Verzeihung.

V. Lach. Steh auf! — unedler Anblick — ein Menſch vor dem andern knieend; ich fühlte mich heute wieder ganz jung — freudig wie in den Jahren

mei=

meiner Jugend — und jezt bin ich zum ältesten Greiß geworden. (mit Rührung) Sohn — Sohn! was hast du gethan — wie hast du so leichtsinnig meine Befehle vergessen; — wußtest du daß Kränkung der Vaterfreuden die schrecklichste Sünde ist — daß sie Gott und die Natur ahnden werden! — ich war reich — und du hast mich zum Bettler gemacht.

Ferd. O! hören Sie auf mein Vater! um Gotteswillen hören Sie auf, jedes ihrer Worte ist ein Dolchstich in mein Innerstes — und Höllenqual für mein Herz.

V. Lach. Du bist mein Einziger — dir gehörte alles; der Prozeß mit der schändlichen Brandini ist jezt durch deine unglückliche Schwärmerey der Raub deines Vermögens.

Ferd. Ich will ja alles widerrufen, wenn Sie es befehlen! —

V. Lach. Halt ein, Schwärmerey hat dich zum Bettler gemacht, wenn sie dich auch zum Schurken machte — so müßte ich dir im Grabe fluchen.

Ferd. O! wenn mich doch die Erde verschlänge und mit diesem Athemzug der Tod meine Seele zernichtete. Ich habe meinen Vater unglücklich gemacht — ich kann und will nicht mehr leben.

(will fort)

V. Lach. Ferdinand! Ferdinand! wiedrum vernunftlos schwärmen, anstatt durch dieß wichtige Eräugniß dich durch Nachdenken abzukühlen (mit Empfindung) Sohn! ich bin unglücklich — Elise ists — das verzeihe dir Gott; aber er versage dir seinen

Beystand, wenn du mich noch unglücklicher machen könnteſt. Du wirſt mich verſtehen. Geh auf dein Zimmer und in einer Stunde erwarte ich dich hier.

Ferd. (ſteht mit niedergeſenktem Blick unbeweglich.)

V. Lach. Verlangſt du mehr — habe ich nicht väterlich deinen gottloſen Leichtſinn verziehen — will ich nicht noch in der Zukunft dein Vater ſeyn, deine Schwärmerey bedauren die mir noch frühzeitig mein Grab bereiten wird.

Ferd. (aufgeſchreckt) Nein das ſoll Sie nicht — ich Unglücklicher ſoll auch noch das theure Leben des beſten Vaters zerſtören? Nein! ich bins nicht mehr werth ihr Sohn zu ſeyn; dieſe himmliſche Güte verdammt mein Verbrechen noch mehr, entflammt meine Seele mit dem Höllenfeuer der Verzweiflung. Leben Sie wohl mein Vater; Gott ſchenke ihnen ihre Ruhe wieder, ich habe ſie ihnen geraubt — kann ſie nicht wieder geben. Fort Sohn des Unglücks geh deinem Lohn entgegen — du entgehſt ihm doch nicht.
(wild ab.)

V. Lach. Ferdinand — ums Himmelswillen.
(ab.)

Dritter Auftritt.

(Zimmer im Hauſe des Präſidenten.)

Präſident v. Tirmior im Geſpräch mit **Albert Brandini.**

Präſ. Was Sie mir da ſagen lieber Brandini! kaum kann ich mich vor Erſtaunen und Freude faſſen.

Albert. Ich rechne freylich auf den Schuz Ewr. Excellenz, es ist manche Möglichkeit und Wahrscheinlichkeit so mitunter per consequens zur Gewißheit avanciret.

Präs. (etwas zornig) Hat nichts zu bedeuten liebes Männchen! dafür lassen Sie mich sorgen; gehts ja oft im gemeinen Leben so, und wenn wir der Sache so recht auf den Grund sehen, so könnte man sie noch moraliter vertheidigen, weil selbst diese Konsequenzen, Frucht der Menschenliebe sind.

Albert. Ew. Excellenz sind gar zu gnädig — es schmerzt mich unendlich, daß ich so lange meine Vermuthungen geheim hielt, — unter dem wohlthätigen Einfluß (auf den Präsidenten weisend) dieser Zorns wäre gewiß schon längst mein Glück gereift.

Präs. Ich werde für Sie sorgen lieber Brandini, so Gott will und meine Ahndung wahr wird — so ist der Secretair cassiret — dem Alten wartet ein gleiches; — und wenn es auf mich ankommt — so liegt der Staab schon bereit zum Bruch.

Albert. (unruhig mit verstellter Heiterkeit) Sollte dieser können ausgeführt werden? Der Alte gilt etwas beym Herzog! —

Präs. Hat nichts zu bedeuten; wir entwerfen dem Herzog eine so schöne Copie von ihm, daß ihm die Lust vergehen wird das Original zu sprechen. Geschieht das, denn haben wir gewonnen Spiel; und nichts bringt ihn mehr zum Rasen, als Ungerechtigkeit.

Albert. Ich fange an zu hoffen, und da sich Ew. Excellenz der Sache annehmen —

                              Präs.

Präs. Es wird schon gehen — und ihr Lohn soll die Secretairsstelle seyn.

Albert. Wie gnädig kommen Sie meiner Bitte zuvor, — meine Mutter und ich könnten dann hinreichend leben.

Präs. Jezt lasse ich mich zur Privataudienz bey Sr. Durchlaucht melden, und Sie sorgen, daß das Ganze Stadtkundig wird; wenn man einen stürzen will, so muß die ganze Macht des Betrugs dazu würken.

Albert. (nachdenkend) Wie? wenn es aber mißlingen sollte, wohin — welche Zuflucht?

Präs. Da steht mein Haus — und meine Hülfe bereit, Sie zu entschädigen; jezt verlassen Sie mich, es ist Zeit! —

Albert. Nun so vertraue ich auf Ew. Excellenz — ich werde bald wieder Nachricht bringen.

(beyde ab.)

Vierter Auftritt.

(Alberts Zimmer)

Erst Jud Maier — hernach Albert.

Maier. Er bleibt lang der Herr Brandlines; er hot gewiß wider e Strech im Sinn der nichts geringer als eines ehrlichen Mannes guter Name gelten wird. Daß Gott erbarm, wenn unser ans nur so mit ungewaschnen Buckel davon kömmt. Na! na!

na! es wird sich zeigen. Horch — da kommt er heraus gestolpert (verbirgt sich einwenig) will hören —

Albert. Ha! ha! ha! ha! das heiß ich in einem Ocean von Schulden und Ungedulb schwärmend — beynahe untergesunken, und wie durch ein Wunder gerettet. Ha! ha! ha! mit Haut und Haar schon an Juden und Philisters verpfändet, und jetzo wiederum geborgen! Dank dir mein Genius, dein ist die Ehre. Der ist recht wie eine Fledermaus ins Nachtlicht gestürzt. O Schwärmerey du gutherziges Schooßkindlein am Gängelband des klugen Kopfs, nur Spielsachen für die Phantasie her, und es ahndet der geheimen Machinationen des grossen Mannes nicht. — Aber beym Teufel das wird Spektakel absetzen — wenn es der Herzog erfährt; — Albert! Albert! deine Rettung wird theuer erkauft; — eine Familie ist das Lösegeld — (schaudernd auf und abgehend) Weg mit diesen Grillen, sie machen nur langweilige Gedankenstriche in das grosse seltsame Drama, und hier ist nicht Zeit zur kritischen Ueberlegung. Sapperment der Präsident wird toben vor Freude wie Satanas am jüngsten Gericht — denn das ist Wasser auf seine Mühle. Die Maschine des Betrugs steht also wie eine Ministerskabale in schwanker Bewegung frisch alle Räder losgelassen — Stadtgespräch ist hier das beste Triebrad — und dazu sind ja Juden am besten. — (sieht sich um) Ha wie gerufen Maier! —

Maier. Diener Herr Brandines. Wissen Sie auch schon.

Al=

Albert. Vor allem Maier — du haſt mir neulich auf meine Uhr und Schnallen Geld geliehen — nimm einsweilen dieſe Intereſſen. (er giebt ihm Geld)

Maier. Ey, ey, Herr Braublnes — hot es denn ſo Eile — Gottes Wunder — was e lieber Herr — Ey! ey! — was man doch nicht an einem Menſchen erleben kann. Wiſſen Sie ſchon a propos!

Albert. Ich weiß ſchon alles. Höre Maier ich vertraue dir etwas an — wenn du nicht ſchweigſt, ſo koſtets dich dein Leben.

Maier. Worum were ich das nit können; um de liebe Handel thut der Jud alles.

Albert. Hör alſo (Friedrich will herein — bleibt aber unter der Thür ſtehen) Ich war beym Präſidenten — band ihm allerley Zeug auf von wegen unſerm Proceß und der heutige Geſchichte; ſalzte den alten und jungen Lachenau tüchtig bey ihm ein; daß der alte Rath aus Haß gegen meine Mutter einen ſo ſchreklichen Sentenz im Vorſchlag gebracht hätte — und dgl.

Maier. Hm! hm! ich merks ſchon das übrige, au weyh — das wird Sachen abſezen, der Präſident iſt ein Erbfeind von der Lachenauiſchen Familie! das ſieht Schofel um de alte Rath aus.

Albert. Merkſt dus Schlaukopf! —

Maier. Daß dich der Guckguck, das wird ſchön werden.

Albert. Nun begiebſt du dich auf alle Kaffeehäuſer — erzählſt dieß als Neuigkeit — erregſt eine Gährung — ſchilderſt den alten als einen Betrüger — Schurken — und es soll hol mich der Teufel dein Schade nicht seyn.

Friedr. (hervortretend) Nein bey Gott und seiner Allgegenwart, länger halt ich's nicht aus. Sag Abschaum der Menschheit, wie ist es möglich daß deine Schurkenseele solche Teufeleyen aussinnen konnte?

Albert.
Maier. } Ach lieber Friedrich —

Friedr. (sie zurückstoßend) Zurück Krokodillen Ungeheuer — euer Hauch ist Pestilenzialisch — euer Anblick Vergiftung. O ewige Vorsicht, wie ist es möglich, daß dein Strafgericht über diesen Belalskinder der Hölle verweilen kann.

Albert. Sey er nur ruhig Friedrich, schweig er zum ganzen Still, es soll sein Schade nicht seyn.

Friedr. Was? du wagst noch Schurke — mir einen solchen Antrag zu thun — in euer Teufelskomplott mich einzuladen. Pursche, ihr habt heute Gott und die Menschheit mißhandelt, sie schicken mich sie zu rächen. Marsch — ihr seyd meine Arrestanten.

(Albert zieht eine Sackpistole hervor und auf Friedrich losgehend, der aber die Bewegung bemerkt und sie ihm mit der Hand entzieht)

Friedr. Auch Meuchelmörder! bey Gott Mensch, das Maaß deiner Schandthaten ist jezt voll, du hast die lezte Stufe zur Verdammniß erstiegen, reif, das gerechte Opfer der strafenden Gerechtigkeit zu werden. Armer ehrlicher Vater — der glücklichste Tag deines Lebens sollte dir so schändlich vergiftet werden,

ein Schauspiel.

ten, der beste Bürger, der einsichtsvollste gerechte Staatsbeamte — durch die Höllenplane solcher scheußlichen Kreaturen gestürzt werden! — den Fürsten zu äffen — das Land zu betrügen, und auf den Trümmern seines Unglücks ihr gestohlnes Glück und diebische Ehrlichkeit zu gründen. —

Albert. Bedenk er seine Liverey — und wo er steht —

Fried. Vor dir Schurken — Schande der menschlichen Natur, die du das erhabene Kolorit des göttlichen Ebenbilds mit dem scheußlichen Conterfait des Satans gebrandmarkt hast; elender verabscheuungswürdigster aller Schurken, ich nur ein Bedienter; ja ich vertausche beym Himmel meine Liverey nicht um deine geborgte seidne Hülle, Ehrlichkeit adelt die Liverey — und Schurkerei schändet Purpur und Seiden — (verächtlich) Wie es da steht dieses schändliche Menschenpaar! Jud und Christ — und beide Schurken! —

Maier. Aber Herr Friedrich, so laß er doch e anzig gescheuts Wort mit sich reden.

Friedr. Stille ihr Höllenkreaturen — kein Wort — hier hilft kein redens — wag es keiner von hierinnen zu gehen; oder ihm kracht die Pistole. — Dank dir ewige weisheitsvolle Schicksalen Lenkerinn, daß ich das Werkzeug seyn soll einem unglücklichen Vater seine beleidigte Ehre und seine Zufriedenheit wieder zu geben; die mißhandelte Rechte der Menschheit zu rächen, diese Buben die die Harmonie der Welt — das Heiligthum der Gerechtigkeit entweihen wollten, auf den fürchterlichen Schauplatz der

Ge-

Gerechtigkeit zu führen, um eine schreckliche Genugthuung ihrer gottlosen Handlungen von ihnen zu fodern. — Glücklichster Tag meines Lebens, du allein kannst mir allen Kummer vergessen machen — selbst meine Charlotte. Die Hauptwache ist nicht weit — Marsch — wer sich rührt — dem! — (ab.)

Fünfter Auftritt.

Die Hofräthin heraußstürzend — Fräulein Tillier — und Jassini zuletzt Friedrich.

Hofräthin. Albert — mein Sohn! o Gott, wo führen sie ihn hin, ach! was wird nun aus mir werden.

Tillier. Man führt den Albert auf die Wache, Jud Maier ist mit dabey.

Jassini. Ums Himmelswillen — was ist denn nun vorgegangen?

Hofräthin. (weinend) O ich unglückliche Mutter, meinen Sohn führt man auf die Wache! noch nicht elend genug, auch das noch — um den Giftbecher meiner Leiden bis oben an zu füllen.

Jassini. Aber was ist denn nun die Ursache dieses Aufruhrs?

Tillier. Albert und der Jude hatten ein geheimes Gespräch; Ferdinands Bedienter belauschte sie — und tobte wie wütend. Sie müssen eine Verschwörung verabredet haben; denn sie mußten ihm mit Gewalt auf die Hauptwache folgen. Albert wollte entwischen, aber ein ungeheurer Schlag eines

Gre=

ein Schauspiel.

Grenadiers stürzte ihn ohnmächtig zu Boden, man schlepte ihn samt dem Juden zur Wache hinein.

Hofräthin. (die Hände ringend) O mein Sohn, mein unglücklicher Sohn; erst gerettet — um tiefer ins Elend gestürzt zu werden.

Friedr. (hereintretend) Ja wohl unglücklich! aber der Schurke verdiente es noch mehr zu seyn. O! wenn Sie alles wüßten! (bei Seite) das Gesicht der Hofräthin ist mir so bekannt, — so viel ähnliche Züge mit meiner unglücklichen Charlotte.

Hofräthin. Aber so sag er mir nur um Gotteswillen! (für sich) Die Sprache dieses Menschen ist mir so bekannt, sein edler Anstand — ganz wie der meines unglücklichen Friedrichs.

Cillier. Aber warum schlepte man ihn denn auf die Wache; er ist doch ein Mann von Stand; — Hausarrest —

Friedr. Sie werden mich entschuldigen meine Schöne, daß ich Ihnen hierauf nicht antworten kann, ich hasse Weitläuftigkeiten, und das ganze ist auch nicht für ein Mutterherz; wenigstens noch zur Zeit.

Hofräthin. Edler Mann — wer er auch ist, er verräth so viele Ehrlichkeit und bieder Sinn (mit Thränen ausbrechend) daß doch meinem Sohn nichts Böses wiederfährt.

Friedr. Wir werden sehen, was die Sache für ein Ende gewinnt! —

Jassini. Sorg er doch lieber Mann — ich bitte ihn sehr.

Friedr.

Friedr. (für sich) Ich weiß nicht, ich möchte vor Ungeduld nach Hause rennen — den Vorfall zu hinterbringen; und doch fesselt mich ein gewisses Etwas — ein geheimer Zug meines Herzens. (laut) Ich werde thun was mir Menschenpflicht befiehlt.

Hofräthin. Wer wird aber mir helfen — mir, unglücklichen tiefgebeugten Mutter.

Friedr. (ihre Hand ergreifend) Wenn Sie unschuldig sind — so schwör ich bey der Gerechtigkeit des Himmels — Ihnen zu helfen. Sind Sies?

Hofräthin. Ja ich bins — so war ich meine Seligkeit hoffe.

Friedr. An der Verschwörung gegen die Ehrlichkeit des Regierungsraths und den geheimen Handel mit dem Präsidenten?

Hofräthin. Davon weiß ich gar nichts.

Tillier.
Jaffini. } Nicht eine Silbe.

Friedr. Ich möchte ihnen gern helfen; — sind Sie also unschuldig — so verlassen Sie sich auf meinen Beystand. Jezt muß ich nach Haus, denn Gott weiß wie es da aussehen wird. (Pause) Ihre Blicke begegnen sich —

Friedr. (vom Schauer ergriffen) Bey Gott — ich will und muß ihnen helfen. (ab.)

Tillier. Was noch aus dem Handel werden wird! —

Jaffini. Es ist verteufelt, — die schönste Hoffnung wird doch am wenigsten erfüllt.

Hofräthin. Wahr — beym Himmel! wahr gesprochen; und niemals fühlt ichs deutlicher wie jezt.

jezt — Ach was vermag Hoffnung diese Täusche-
rin! was kann sie uns geben! welcher Sterbliche
kann das Schicksal in seinen verborgenen Gängen
belauschen, dem Zufall, Zeit und Umstände anzu-
weisen; ach sie ist weiter nichts als das künstliche
Werkzeug unserer Phantasie, das Herz zu beruhi-
gen. Nein ich will nicht mehr hoffen — o! und
ich möchts doch so gern, kommt laßt uns mit Geduld unser Schicksal abwarten. O! du Barmherziger im Himmel, verzeih einer Sünderin, und rette
mich vom Verderben. (ab.)

Sechster Auftritt.

N. Rath von Lachenau auf einem Sopha sitzend.
Hernach Frau von Seltner.

Wer war ich — und wer bin ich nun, noch diesen Morgen ein glücklicher Hausvater der manche
süße Hoffnung der Zukunft träumte, und nun so
fürchterlich getäuscht — entehrt durch den schändlichen Leichtsinn meines Sohnes. (steht auf) Doch
Geduld — du thatest es ja Lenker im Himmel, wo
du schlägst versprachst du auch wieder zu heilen, ich
bin auf alles gefaßt — was kommen mag. (sieht
auf die Uhr) er sollte schon da seyn — er bleibt aus
— soll er sich wieder vergessen haben? — sollt er?
— wenn er gar — o! ich mags nicht denken vielmehr aussprechen. Wer bürgt mir aber für den
Schwärmer, dessen herrschendgewordne Empfindung
allemal Verwüstungen anrichtet. (mit einem tiefen

Seuf-

Seufzer) v. Lachenau — du bist tief gebeugt, — daß ein einziger Sohn einem so vielen Kummer machen kann.

v. Seltner. Ein Abgesandter des Regierungspräsidents verlangt augenblicklich vorgelassen zu werden; ausserordentlich wichtige Aufträge warteten ihrer.

v. Lach. Schon wiederum vom Präsidenten? — meine Ahndung wird eintreffen. Gut. — er soll vortreten, ich bin auf alles gefaßt. Das büssendste und demüthigendste für einen Beamten — wenn Neider und Feinde seine Gegner nicht nur — sondern auch die Ueberbringer unangenehmer Bothschaften sind. Doch ruhig! ich habe 40 Jahr vor nichts gezittert, auch das soll mich nicht ausser Fassung bringen.

Siebenter Auftritt.

Die Vorigen und ein Abgesandter des Präsidenten

Abgesandt. Ich habe die Ehre mein Kompliment zu machen! —

v. Lach. Wie stehts — was ist zu ihren Diensten? — Schwester Sie lassen uns allein.

v. Seltner. Herzlich gern. (ab.)

Abgesandt. Es ist mir leid lieber verehrungswürdigster Rath, daß ich in solchen Angelegenheiten Ihnen einen Besuch machen muß — der nicht anders als unangenehm seyn kann.

v.

v. Lach. Wie so? ich versichre Ihnen, wenn Sie der Todt selbsten wären, der den meisten Sterblichen der unang'nehmste ist, ich würde ruhig seyn, und ihnen meine Rechte reichen.

Abgesandt. Sie sind ganz über mein Erwarten ruhig! und wenn Sie die heilige Unschuld wären, Sie könnten es nicht mehr seyn!

v. Lach. Sie werden mich heute erst kennen lernen, darum befremdets Ihnen. Mein gnädigster Herzog kennt mich hierin schon besser; hats auch in 40 Jahre schon genug erfahren können, aber erklären Sie sich deutlicher, wozu dieser Eingang.

Abgesandt. Ich habe jederzeit die unbegränzeste Hochachtung vor Euer Gnaden gehabt; aber der Proceß mit der Hofräthin!

v. Lach. Gereicht mir sowohl als Juristen als dem Menschenfreund zur Ehre; ist ein neuer Beweiß meiner unbestechlichen Gerechtigkeitsliebe — Liebe zum Vaterland und zum allgemeinen Wohl.

Abgesandt. Der Herzog — der Herr Präsident glauben hiervon das Gegentheil.

v. Lach. Wie ist das möglich — unser gnädigster Herzog; es wäre das erstemal das er mich in meinen Amtsverrichtungen tadelte. Sie scherzen?

Abgesandt. Wohl denn! ich will deutlicher reden; sind Sie nicht ein Feind der Hofräthin?

v. Lach. Wozu diese Frage? — Ja ich bins — von allen Weibern — die die Pflichten der Hausmütter hintansetzen — ihre Kinder zu Taugenichts erziehen — und so den Staat und die menschliche Gesellschaft betrügen.

Abgesandt. Man bereuet bey Hof den Schritt, daß man Sie in den Brandinischen Angelegenheiten zum Referenten sezte, — man hat Sie bey Hof der Härte und der Ungerechtigkeit angeklagt.

v. Lach. Ich erstaune. Wie? ist es möglich? bey Gott das erschüttert meine Standhaftigkeit — zerstöhrt meine ganze Fassung. Reden Sie weiter, — verzeihen Sie meine Hitze.

Abgesandt. Sie sind allgemein angeklagt — daß Sie aus Personalhaß — und mit Hofränke gegen die Brandini verfahren seyen.

v. Lach. Und das lassen Se. Durchlaucht — oder besser der Herr Präsident mir sagen; mir — der ich im Dienst des Herzogs grau geworden bin.

Abgesandt. Sie erlauben — mein Auftrag ist noch nicht zu Ende.

v. Lach. Nur noch eine Frage; wer ist mein Ankläger?

Abgesandt. Der Hofräthin Sohn — und der von Ihnen vorgeschlagene Sentenz.

v. Lach. Also um eines Schurken — eines vagabunden Willen fodert man mich so kränkend auf — mein Verfahren zu rechtfertigen? — Sehr gut ich bin bereit dazu —

Abgesandt. Se. Durchlaucht sind aufs höchste erzürnt — fodern die statthafteste strengste Verantwortung und werden wachsam auf Ihre Gründe merken. Ferner folgt auch hiebey die Cassation des Herrn Sohns, wegen vorsezlicher Pflichtenvernachläßigung, so weit mein Auftrag. Ach Gott, ein gleiches wird ihnen wohl auch bevorstehen!

v.

v. Lach. Schön — herrlich — es ist ja heut der glücklichste Tag meines Lebens — und dieses sind herzogliche Befehle?

Abgesandt. Ich habe keine weitere Rechenschaft zu geben; ich komme vom Herrn Präsidenten — und vermuthlich werden es Herzogliche seyn. Uebrigens ist es mir sehr leid! —

v. Lach. Ich danke — danke sehr für ihr Mitleid; ein unglücklicher Vater, ein gestürzter Günstling bedarf wohl Mitleid; O! und wenn sie von Herzen kommt, so ist es lindernder Balsam für das verwundete Herz.

Abgesandt. Ich wünsche Ihrer Vertheidigung das Glück der Unschuld — vielleicht läßt sich noch hoffen.

v. Lach. Dafür werden Se. Excellenz der Herr Präsident schon gesorgt haben, daß mir sehr wenig Hoffnung übrig bleiben wird. Guter Mann, heute 60 Jahr alt — und 40 im Dienste des Vaterlandes, allezeit treu erfunden — von allen Menschen geliebt und geschäzt und geachtet, und nun aus Kabale und Neid aufs schwärzeste verläumdet und gestürzt. Merken Sie sichs, es ist eine ewige Wahrheit — Undank ist der Welt Lohn.

Abgesandt. Es ist mir nur leid — daß ich der Ueberbringer dieser traurigen Bothschaft seyn muß! —

v. Lach. Zu was diese Entschuldigungen: Sie thaten ihre Pflicht, und wenn man einmal eine Kreatur bey Hof ist, so muß Herz und Empfindung nach Mode und Politik gestimmt werden. Ich respectire mit Gehorsam ihren Auftrag — und werde mein Verfahren rechtfertigen.

Abgesandt. Hoffen Sie das Beste — und wenn Sie unschuldig sind — so kanns sich ja nicht fehlen; welches ich sehr wünsche. Leben Sie wohl.

(ab.)

Achter Auftritt.

V. Lachenau allein.

(Lange tiefe Pause) Ja! ja! und wenn dus tausendmal läugnen wolltest gebeugtes Herz — so widersprechen die Sinnen und Vernunft. Ich darf nicht daran denken, sonst erschlaft meine Mannskraft, und mein Gehirnmark verzehrt sich an der Unergründlichkeit meines räthselhaften Unglücks. Ich bin tief herabgesunken von meiner Hoheit,Strahlenhöhe — bin niedergetreten in Staub von nichtswürdigen Hofinsecten — meine Vaterfreude vom tödlichen Kummer angefressen. O! wenn nicht nur noch härtere Prüfungen auf dich warten — unglücklicher Alter — mein graues Haupt mit Gram ins Elend hinzuknicken; ha — bey diesem Gedanken durchrennt ein kalter Schauer meine Adern — o schon vielleicht in dieser Stunde — Himmel er sinkt — zu Hülfe —

(ab.)

Neunter Auftritt.

Ferdinand allein auf seinem Zimmer im höchsten Grad der Schwärmerey.

(Nachdem die Empfindungen und Modificationen der Seele abwechseln — werden die Veränderungen an ihm sichtbar; — der Schritt zum Selbstmord verändert sein Gesicht mit schaudernder Bläße — worauf aber dennoch die Zerstreuung und verwirrte Schwärmerey zu lesen ist. —

(Tritt verstört herein) Sey mir gegrüßt heilige stille Einsamkeit — vertraute meiner geheimen Leiden; hier will ich ausruhen — und meinem Geist nach ausgestandnen Stürmen und harten Kämpfen Erquickung vergönnen (knieend mit Thränen) und das kann ja der verirrte Jüngling — wenn alles über ihn herstürmt, Neid und Verachtung seinen Tritten folgt; so findet er in deinem Schooß Ruhe. O versage sie mir nicht! ich denke ja dich Allgegenwärtiger und du bist auch hier — von keinem Raum eingeschlossen — überall — also auch in diesem Winkel. (Steht mit Ernst und Nachdenken auf) Aber Einsamkeit gewährt nur dem Weisen Ruhm, sie ist nur dem Denker hold — und dem leichtsinnigen Jünglingsherzen gefährlich? (schaudernd) Ja! — Ich habe Wahrheit geredet, sie bebt schon mit entsetzlichem Ernst durch meine Glieder, durchwühlt meine Brust. Meinen Vater unglücklich gemacht — sein graues Alter der Verzweiflung ausgesezt —

gleichsam ihn ermordet, Gedanken der Hölle. Welcher Dämon haucht dich in meine Seele; meinem Vater sein Glück, seine Freuden gestohlen (mit steigender Hitze) ich verachtet — entehrt — von Neidern gestürzt; — und von wem bemitleidet? — Fluch und Verderben über mich — der ich so sinnloß haudeln konnte, und vom mitleidigen Gefühl hingerissen vernunftloß der Selbstliebe und Kindesliebe vergessen konnte. — O; ich habe namenlos gesündiget — bin unendlich strafbar vor Gott und Menschen. Aber wie? werd ich nicht auch dafür noch büßen müssen, kann ein menschlicher Richter hier das Verhältniß meiner Strafe gegen mein Verbrechen ausmessen — kann es? — da er nicht in mein Herz sah — das wahrhaftig gut und unverdorben ist, aber nur in der Anfechtungsstunde — im Kampf zwischen Phantom und Realität — zwischen täuschender Empfindung und kalter Vernunftsache nicht stark und weise genug wählt und haudelt. (geht nachdenkend auf und nieder) Wie kann ich es wieder gut machen und mein Verbrechen aussöhnen? mit nichts — mit gar nichts? — mit dem Tobt nicht? — O Natur und Religion verlaß mich nicht — ich schwindle! (blaß und entstellt) Verbrechen und Strafe müssen verhältnißmäßig abgewogen werden, und die kann niemand als ich selbst (mit Schauer) Selbst sterben — ha! das wird das Aequivalent meines Verbrechens seyn. Ja — das wird es — das muß es seyn. (geht an den Tisch und nimmt eine Pistole in die Hand) Ja geschehen soll es — und jetzt gleich. — Lebloses Werkzeug —

du

du kannst das Lebende so leicht vernichten? — Schuf dich vielleicht die Vorsehung zum Trost des Unglücklichen! Ja, du sollst mein Freund — mein Tröster — mein alles seyn. (knieend) Vater vergib deinem Sohn er rächt dich — leb wohl Elise — ich liebe dich bis in den todt.

(Spannt die Pistole — druckt los — die Zündpfanne brennt ab — Ferdinand sinkt ohnmächtig zusammen.)

Friedr. (herzurennend faßt ihn in die Arme) Holla gnädiger Herr dafür war gesorgt. So dumm wird Friedrich nicht seyn, daß er bey seinen fünf Sinnen und gesunden Verstand einen Bocksstreich gemacht — der Ew. Gnaden in die Ewigkeit geliefert hätte — (schüttelt ihn) Holla! Herr Ferdinand von Lachenau — Bräutigam des englischen Mädchens Elise von Lebrecht; — Kraft meines respectiven Belebungsvermögen sage ich Ihnen, wachen Sie auf.

Ferd. (zu sich kommend) Ha! wo bin ich — leb ich noch oder ist es ein Traum.

Friedr. Sie leben noch würklich — und sind keinen Schritt weiter von hier.

Ferd. Ha mußtest du mich stören, da ich nicht mehr seyn wollte: wozu soll ich ein Leben das mir verhaßt ist, wieder antreten, wozu aufwachen?

Friedr. Aufwachen zur schaamvollen Reue über das vergangne — das wieder gut zu machen, was Leichtsinn und Schwärmerey übels anrichteten.

Ferd. Wieder gutmachen sagst du ehrlicher Kerl! Kann der Vatermörder seinem Vater das Leben wiedergeben? — kann ich die gekränkte Vaterliebe, die

Hoffnung und Freude des ehrlichen Alten — seine beleidigte Ehre wieder gutmachen? — Kann ich? —

Friedr. Sie können es lieber Ferdinand! bey Gott und meiner Ehrlichkeit und Treue zu Ihnen und Ihrem Herrn Vater — Sie können es —

Ferd. Ohnmächtiger kannst du auch noch durch leere Hoffnungen mich täuschen? — du hast dir zwar Menschenkenntniß und Erfahrungen gesammlet, aber sage mir Kurzsichtiger! ist ein Sterblicher vermögend, das so tief verwundete Vaterherz wieder zu heilen — die in Gram und Unglücksstürmen versunkene Mannsseele zu retten — den vom Glück zum äußersten Elend herabgestürzten Greiß vor endloser Verzweiflung zu schützen? — (gerührt) die vereitelten Hoffnungen, den nagenden Schmerz über meinen Leichtsinn — den drückenden Kummer über die schwarze verhüllte Zukunft in der Vergessenheit ewiges Nichts hinzuschlendern? O ich Unglücklicher — wache endlich fürchterlich aber zu spät aus meiner Täuschung auf —

Friedr. (mit freudigem Enthusiasmus) und gerettet — zur Vernunft — und mit ihr zum Vaterherzen Gottes gekehrt; o daß ich es sagen könnte was ich fühle — diesen Himmel von Seeligkeiten in jede sterbliche Brust überströmen könnte, was dieser Anblick mir ist! Dank, heißen Dank der Vorsehung die mir diese Wonne — dieses selenvolle Entzücken zubereitete. —

Ferd. Ich weiß nicht, — träumst du — oder willst du mit diesem süßen Unsinn mich noch tiefer bemüthigen — als das erwachte Bewußtseyn meines Verbrechens!

Friedr.

ein Schauspiel. 73

Friedr. Rückgekehrt zu der Vernunft! Jüngling du bist gerettet — bey dem Ewigheiligen du bists so wahr ich meine Seeligkeit hoffe; du must es seyn, und wehe dem, der auf dich als einen Verbrecher herabsähe! — jeden Blutstropfen setz ich an ein Leben dich zu rächen. (mit steigendem Affekt) Dieß ist der grosse Vereinigungspunkt, der das Vaterherz wieder an des Sohnesherz schließet — fester als zuvor! dies allein ist die Arzeney — die geschlagene Wunde heilet — was die beleidigte Rechte der Vernunft von Ihnen fodern, **Rückkehr von der Schwärmerey zur Vernunft**. —

Ferd. (aufmerksamer) Auch du schwärmst Friedrich, weist du auch noch was ich gethan habe? hast du das Vaterherz bluten sehen, sahst du seine Thränen, vielleicht die ersten seit 40 Jahren die ich ihm erpreßte, wo jede auf mein Herz fiel, und die mich Centner schwer foltern.

Fried. So tief das Vaterherz durch die Verirrungen des Sohnes kann gebeugt werden, so leicht wallt es in Entzücken, wenn es den verlornen wieder an sich schließen kann. **Vaterliebe** — O! Sie kennen Sie nicht — waren noch nicht Vater! —

Ferd. (wehmuthsvoll) Also darf ich hoffen lieber Friedrich? — ach ich stehe jetzo wie im nachtgrauen Nebel — und kann die verschleierte Zukunft nicht erblicken — noch mein zweifelhaftes Erwarten enträthseln.

Friedr. Hoffen Sie getrost! — bedenken Sie guter Jüngling — was aus ihrem redlichen Vater geworden sey — wenn Sie diese Höllenthat verübt

hät-

hätten. Nun aber soll er und Sie glücklich werden — glücklicher als vorher; kommen Sie seine Knie zu umfassen! — (gehen Arm in Arm ab)

Zehnter Auftritt.

Elise, Fr. v. Seltner und R. v. Lachenau. Hereinstürzend.

V. Lach. Entsezen — was seh ich — Morbgewehr — Pulvergeruch? O ihr Mächte des Himmels — euer Strafgericht liegt zu schwer auf mir. — (sinkt erschöpft auf einen Stuhl.)

Elise. O Gott — kein Ferdinand — keine Seele — vielleicht haucht er eben sein Leben dem Grabe zu.

V. Seltner. Wir müssen alles durchsuchen vielleicht finden wir ihn noch zur Rettung möglich.

V. Lach. (wankt zu ihnen hin, legt seine Arme auf ihre Schultern) Ach Kinder — der Himmel sendet schwere Prüfungen für mein schwaches Alter — ich werde wohl unterliegen. (weinend) O mein Sohn — meine Freuden! — ach sie sind dahin.

Elise. Armer unglücklicher bedaurenswürdiger Vater.

V. Lach. Verachtet — Bettler — ein gestürzter Fürstengünstling — der Sohn Selbstmörder — o! diese Leiden sind für einen Graukopf zu hart — sie werden mich wenns Gott will, auch hinabbrücken. —

(Von aussen) Zu Hülfe — zu Hülfe!

Elise.

Elise. Noch mehr Unglück was soll daraus werden.

Der alte Lachenau sinkt zusammen — beyde schleppen ihn langsam hinweg.

Ende des dritten Aufzugs.

Vierter Aufzug.

Erster Auftritt.

Vorzimmer im Lachenauischen Haus.

Ferdinand und Friedrich. Polizeybeamte mit Wache.

Friedr. Mein Herr geben Sie sich nur keine Mühe auf diesen Foderungen länger zu beharren; — es geschieht nicht.

Polizeyb. Mit ihm habe ich nichts zu thun, der Herr Baron spazieren gefälligst mit — es ist Herzoglicher Befehl da — und dafür werden Sie hoffentlich Respekt haben.

Ferd. Aus welchen Ursachen fodert man meine Verhaftung — ich bin mir doch keines Verbrechens bewußt?

Friedr.

Friedr. Höre! ich sags Ihnen nochmal — es geschieht nicht; wagen Sie es nicht weiter mit solchen Zumuthungen meinen gnädigen Herrn zu beleidigen — oder bey Gott! —

Polizeyb. Sieh da, der Bediente wird unnütz — packt sie einmal alle beyde — damit wollen wir bald fertig seyn.

Friedr. Zurück Bursche! — zurück sag ich wenn euch eure Ehre lieb ist — und keine Schurken werden wollt. Wer hat euch gedungen — unschuldige Leute auf dem Zimmer zu überfallen? — Sind wir Mörder?

Polizeyb. Schuldner — und unverschämte! —

Friedr. Das dir der Tod deine verfluchte Zunge lähme! — Herr! wer berechtigt ihn solcher Grobheiten?

Polizeyb. Dieß Papier Bursche! (einen Befehl vorzeigend) fort also — (zu den Soldaten) greift an — oder! —

Ferd. Mäßigen Sie ihren unzeitigen Diensteifer ich bin ein Diener des Herzogs und zu einer solchen Behandlung ist derselbe nicht fähig.

Friedr. Recht so! ist das Manier — einen Staatsbeamten wie einen Dieb auszuheben — und ihn mit der Wache abzuholen? Sagen Sie ihrem Herrn Präsidenten, dieser Spaß soll ihm theuer zu stehen kommen, — kurz verbescheiden Sie sich nun meine Herrn. (Er zeigt ihnen die Thür)

Polizeyb. Welche Schmähungen aus den Mund eines Livereybedienten — gegen einen der ersten Diener im Staate; Wurm gegen den Löwen! —

Friedr.

ein Schauspiel.

Friedr. (lachend) Da haben Sies endlich gut gemacht, vortreflich; wie denn nun — wenn der Wurm eine Fehde mit dem respective Löwen anginge — hm! sagen Sie dem Herrn Präsidenten, Brandini säße in guter Verwahrung, und würde nächstens Sr. Durchlaucht eine geheime Ohrenbeicht ablegen! prosit —

Polizeyb. (bey Seite) Beym Teufel das wird schön werden; der Bedjente muß aus dem Weg da hilft nichts. (laut) Auf ihr Klöze ihr Eisklumpen wie steht ihr da, greift zu sag ich — oder! —

(Soldaten greifen zu — in dem tritt R. v. Lachenau herein.)

Zweyter Auftritt.

Die Vorigen und V. Lachenau.

V. Lach. (stuzend) Was ist — wozu Soldaten, was soll hier vorgehen?

(Indem er Ferdinand erblickt — fährt er vom Schauer ergriffen zurück.)

Ferd. (knieend) Darf ich es wagen — von dem so tief beleidigten Vater — Verzeihung meines unglücklichen Leichtsinns zu erflehen! —

V. Lach. (ihn von sich stoßend) Vor meinen Augen hinweg — Verworfener — ungehorsamer! —

Friedr. (neben ihn knieend) O stoßen Sie ihn nicht zurück theurer Mann — er verdient Ihre Verzeihung; — hier übergebe ich Ihnen Ferdinand —

genesen von der Schwärmerey — und zurückgetreten ins Geleise der Vernunft.

V. Lach. Du hast mir meinen Himmel — meine Freuden gestohlen; sie sind nicht mehr zu ersetzen die kostbaren Stunden — die mich in Gram und Elend über deinen Leichtsinn versenkten.

Friedr. Vater — ich beschwöre Sie bey den Allgegenwärtigen — Seine Reue ist ihrer Verzeihung werth — O! und Sie wollten den Büßenden verstoßen — Vater können Sie das?

V. Lach. (sanft) Steh auf — der ganze Vorfall ist mir bekannt — ich habe deswegen noch mehr mit dir zu sprechen. Ich war noch stets Vater gegen den Unglücklichen — auch dann wenn der Unsinn in seiner Seele raßte — schlug das Vaterherz noch für ihn; ich will ja gern meinen letzten Blutstropfen für ihn hingeben; — aber was bedeutet die Wache

Friedr. Man will uns arretiren!

V. Lach. Wer wagts mir Wache ins Haus zu schicken? —

Polizeyb. Ich habe Befehl dazu! —

V. Lach. Ist es Herzoglicher?

Polizeyb. Ja! — ich bin vom Präsidenten geschickt — es wird also kein anderer als Herzoglicher seyn!

V. Lach. Ist mein Sohn ein Dieb oder Mörder — das man so schimpflich ihn behandelt?

Polizeyb. Der junge Herr wird es selbst wohl wissen; die Brandinischen Schuldner bringen auf Bezahlung, und man will sich einstweilen zur Sicherheit seiner Person bemächtigen.

V.

V. Lach. (die Hände ringend) O Ferdinand—
Ferdinand! was hast du gethan; — (Kalt und mit
Würde) Befolge die Befehle des Herzogs; du hast
gesündigt — du must auch dafür büßen.

Friedr. Das geb ich nicht zu — und wenn die
ganze Hölle uns belagerte. Sogleich geh ich selbst
zum Herzog; er ist gerecht und gnädig — und dazu
gab er gewiß seinen Willen nicht.

V. Lach. Geduld sey ruhig lieber Freund. —
Hat er diese Beschimpfung nicht verdient, so wird
seine Unschuld der Welt und ihm die beste Genug=
thuung seyn, ist es kein herzoglicher Befehl — so
bürgt ihm unseres Fürsten Gerechtigkeit für die ge=
messenste Genugthuung; ich habe jederzeit meinem
Fürsten Gehorsam geleistet, und das soll auch mein
Sohn.

Ferd. Ich gehe Vater — ich verdiene es an
Ihnen — und der Rächer im Himmel ahndet es
weise und gerecht.

V. Lach. Geh Unglücklicher! So tief es mei=
nem Herzen Wunden schlägt, so kann ich jetzo nicht
anderst.

(Sie führen ihn ab.)

Friedr. (bey Seite) Und ich gehe das zu vol=
lenden — was die Vorsehung heute großes durch
mich thun will; — dem Schurken die Maske her=
abzureißen — und einem unglücklichen Vater seine
Ehre und Zufriedenheit wiederzugeben; und dem in
den Schooß der Weisheit zurückgekehrten Jüngling
Genugthuung und Ehre zu verschaffen.

(Ab.)

Drit=

Dritter Auftritt.

R. v. Lachenau, schwermüthig auf und abgehend, hernach **Elise.**

Der Vater also ein ungerechter Staatsmann — der herzoglichen Ungnade nahe; der Sohn als ein Verbrecher cassirt — und zur Wache geführt, und dies an dem glücklichsten Tage meines Lebens; das ist schrecklich — unbegreiflich — (ernstlich) Lachenau — du ein ungerechter Staatsmann? — Ha über die höllische Verläumdung die der kriechende Speichellecker zu deinem Sturz ersann, und sie den Ohren des Herzogs vergähnte. O wärest du alter Graukopf nicht durch so viele Erfahrungen im menschlichen Leben gekühlt — wallte mein Blut noch so rasch wie in meinen Jünglingsjahren — wäre es nicht weltkundig — daß der Biedermann oft ungeschäzt seine Tage im Elend durchweint, und der verlarvte Schurk mit Schmeicheleien seine Tage in der Hofathmosphäre verpraßt — nach der Laune des Thoren kriecht — und seine Ohren vor dem Winseln des Unglücklichen mit despotischer Unempfindlichkeit verstopft — O ich werde — ich würde — (sich fassend) nun! was würdest du? — O Gott! der Schmerz tobt in meinem Busen — und kocht Rache in der beleidigten Jünglingsbrust. Pfui Lachenau, dulde! denn was ist namenloß größer — was adelt den Sterblichen mehr — was erhebt ihn auf die Strahlenhöhe der Menschengröße — als dulden — mit Weißheit dulden. (Elise kommt mit

ein Schauspiel.

senktem Kopf — traurig daher) Wie sie daher schleicht das arme Mädchen, wie der Schrecken ihre Wangen gebleicht hat, wie schreckend ihre Tritte — wie gramvoll das muntre Auge — und die entzückende Röthe ihres Mundes — wie kummervoll — gleich der Rose vom Wurm tödtlich angefressen.

Elise. (küßt Lachenau die Hand) Daß Sie so viel leiden müssen lieber guter Vater — der so sehr verdiente glücklich zu seyn?

V. Lach. Das schmerzet dich gutes Kind; dank dir meine liebe Tochter für deine Theilnahme; du bist mein Trost bisher gewesen, wirst auch den alten Graukopf noch ferner Stütze seyn — gelt Liebe?

Elise. O! könnte ich ihnen ihre Freuden wiedergeben — wäre ich vermögend — etwas dazu beyzutragen? — (schmeichelnd) Werden Sie wohl nicht böse — lieber Vater — wenn ich Sie um etwas bitte? —

V. Lach. Um was meine Tochter! rede, mein Herz steht allen deinen Wünschen offen.

Elise. (giebt ihm einen Beutel mit Geld) Hier sind 200 Louisdor — die Ersparnisse meiner Geschenke und Taschengelder; wenn sie mich lieben so nehmen Sie solche hin; sie sind ein Beytrag zur Bezahlung der Brandinischen Schulden.

V. Lach. Kind! was machst du? — Nimm dein Geld wieder; es wäre sündlich dessen dich zu berauben — da ich selbsten so viel noch auftreiben werde. —

Elise. Wollen Sie mir die Freude rauben auch ein Werkzeug zu ihrer Beruhigung zu seyn? O ich

F

gebe es gern — und Gott segnet das auch was man gern giebt und ehrlich erspart hat.

v. Lach. 200 Louisdor — wie ist es möglich — Lesgen — wie kommst du zu einer solchen Geldsumme?

Elise. Es sind Geschenke und Taschengelder. Spiel und tändelnder Putz, die mein Geschlecht so viele Summen kostet — ist nicht meine Sache. Sie kennen ja die kostenlosen Freuden die mich also von großen Ausgaben zurückhalten. Dieß Geld war für unglückliche schamhafte Arme bestimmt; und nun findet sich hier die beste Gelegenheit es gut anzuwenden.

v. Lach. (sie umarmend) Engel in Menschenhülle — edelste der Sterblichen — einzige deines Geschlechts! dein Geld will ich behalten meine Tochter! — des Himmels Segen ruhet darauf. Vielleicht ist der unglückliche Ferdinand noch zu retten.

Elise. (mit freudiger Aufwallung) So lebt er noch? — und hat keinen Schaden sich zugefügt — o Gott sey Dank.

v. Lach. Ja er lebt noch; ich bin entschlossen das zu halten — was mein Sohn wie wohl aus Schwärmerey versprach.

Elise. Vortreflicher Mann! bester Vater, welche Güte — welche zärtliche Nachsicht mit den Fehlern ihres Sohnes! —

v. Lach. (seufzend) Der Preiß wäre nicht zu kostbar — wenn er nur jetzo ins Gelaise der Vernunft zurück trete!

Eli=

Elise. Hoffen Sie mein Vater; er wird gewiß — vielleicht verdiente auch die arme Brandini ein wenig Schonung? —

v. Lach. Still Mädchen, davon will und mag ich nichts hören; sie ist eine gottlose Mutter — und ihr Sohn ein Bösewicht; der Mörder meiner Vaterfreuden am heutigen Tag.

Vierter Auftritt.

Die Vorigen, Frau v. Seltner und Hofräthin Brandini.

v. Seltner. (führt die Hofräthin zu Lachenau) Herr Bruder hier bring ich eine Unglückliche — die Mitleiden verdient; — Sie haßten sie ehemals — lernen Sie ihr Herz und ihr Schicksal kennen — und Sie werden sie achten und lieben.

Hofr. (kniend) Zürnen Sie nicht edler Mann — daß ich als eine, in ihren Augen verachtete, es wage — vor ihnen zu erscheinen, um die heiligste Reue zu ihren Füßen zu legen, daß Sie durch ihr trauriges Schicksal den besten Sohn des edelsten Vaters zu einer Handlung verleitete, die so viele Kummerstunden Ihnen verursacht.

v. Lach. (groß mit männlichem Ernst) Stehen Sie auf — ich kanns nicht leiden daß ein Mensch vor dem andern knie — vielweniger die Unschuld; und vor mir bedürfen Sie dieser erniedrigenden Feyerlichkeiten nicht.

Hofr. So strafbar ich in ihren Augen bin, so unschuldig bin ich an meinem ganzen Unglück — und an den traurigen Folgen, welche die Handlung ihres Herrn Sohns nach sich zog.

v. Lach. Madame, wenn Sie auf diese Weise beginnen, und ihre Vertheidigung von daher leiten; so erlauben Sie — daß ich kein Zuhörer seyn werde, denn ich bin im voraus schon vom Gegentheil überzeugt.

v. Seltner. Herr Bruder — so hören Sie doch! —

Elise. (bittend) Lieber guter Vater! —

v. Lach. Kinder — ich bin ganz euer — euch gehöret mein Herz — aber legt es mir nicht als Härte aus, wenn ich mich von erkünstelten Thränen nicht werde rühren lassen. (Zur Hofräthin) Wie können Sie es wagen, mir — der ich ihre Umstände kenne und schon bey fünf Jahren Augenzeuge ihrer Handlungen war, die Unwahrheit aufzubürden. Sie seyen unschuldig?

Hofr. Ich war freylich eine schwache Mutter! —

v. Lach. Ja! das glaub ich — daß Sie eine nachläßige schwache Mutter waren, die ihre Bestimmung nicht wollte kennen. War aber auch das Unschuld? — Der übermäßige Putz — Visitengehen — Schmausen — Spielen — und denn vollends der Herr Sohn — der keine L'hombertischgen und Pharobänkgen versäumen durfte; daher die Schulden, und hatte man kein Geld, so beschwätzte man den gutherzigen Lachenau — tröstete ihn

mit

mit der Hoffnung reicher Erbschaften; war das auch Unschuld?

Hofr. Ja ich verdiene alle diese Vorwürfe (weinend) ich unglückliche Mutter!

v. Seltner. und Elise. der Herr) Bruder!) Vater!

O! schonen Sie doch ihrer lieber

v. Lach. Der Gedanke zermalmt; mein Herz— daß ich mich des zehrenden Grams nicht entledigen kann, und troß aller meiner Güte und Nachsicht— verführten Sie meinen Sohn — daß er seine Berufspflichten vergaß — und mich ihnen als Bettler aufopferte. (empfindlich) Können Sie das verantworten Madame — und mit der Unschuldsmine vor meinen Augen prahlen.

Hofr. Halten Sie ein gnädiger Herr, so weit ihre Vorwürfe! mäßigen Sie sich edler zürnender Mann! — hören Sie meine Gründen. Es ist wahr, auf mich fällt der ganze Verdacht — über das heutige Betragen ihres Herrn Sohns — ich beschwur ihn bey Gott — eine so übermäßige Unterstützung in meinem Elend wieder zurückzunehmen, allein mein gottloser Sohn — übte diesen Frevel;—

Elise. Meine Ahndung ist gegründet.

v. Lach. Und warum zeigten Sie mir dieses nicht an, daß man das Schoossöhnchen gezüchtigt hätte? aber die liebe Mama hatte zu viel Mitleiben — und desto weniger Gewissen.

Hofr. So eben entdeckte mir Fräulein Tillier — seine schändliche Betrügereyen, und meine sonst gottlose Liebe gegen meinen Sohn — verwandelte sich in schrecklichen Ernst. Ich wache mit Entsetzen aus dem Taumel auf, in dem mich schwärmerische Mutterliebe wiegte, und nun so elend machte.

V. Lach. Sie fodern doch wohl nicht — daß ich diese Reden für baare Münze annehmen soll? Sie sollten heute erst zum Bewußtseyn erwacht seyn — dazu hatten Sie wohl noch keine Gelegenheit?

Hofr. Ich verzeihe ihnen dies Mißtrauen, in die Gültigkeit meiner Aussage; es verräth nicht Härte — sondern hohen erfahrungsreichen Tiefblick ins Menschenherz: aber hören Sie mich ganz — o! und kennten Sie mein Schicksal — Sie würden mir ihr Mitleiden nicht versagen. Mein Sohn ist selber durch meine unglückliche Liebe zum Bösewicht gereist; seine Ränke — Verstellungskunst — und mein schwaches Herz bethörten jeden Vorwurf den ich seinem Leichtsinn machen wollte. Ich bin eine unendliche Sünderinn, mein aufgewachtes Gewissen peinigt mich mit den schrecklichsten Vorwürfen; aber der Allsehende kennt mein Herz — weiß daß ich schuldig — unschuldig bin.

V. Lach. Gut gesprochen; (sanfter) aber wie wollen Sie mich bey dem heutigen Vorfall von ihrer Unschuld überzeugen?

Hofr. Dadurch das ich (Ferdinands Caution ihm überreichend) dies angebotne Rettungsmittel Ferdinands — ihnen hier überreiche. Ich will von der Obrigkeit mein Urtheil erwarten, ich verdiene es; nur den Trost versagen Sie mir nicht (kniend) versagen

Sie

ein Schauspiel.

Sie mir ihn nicht — daß ich ohne Versöhnung und Verzeihung als eine Verachtete von Ihnen fliehen muß.

V. Lach. (sie aufhebend) Nein bey Gott nicht — Weib das sollst du nicht — du bist gerettet durch deinen Edelmuth — und deine Reue — reden Sie Wahrheit — haben Sie also eingesehen wie unglücklich der Mensch ist — wenn er Schwärmerey nährt? —

Hofr. Ja edler Mann; hier schwöre ichs mit kummervollem tiefgebeugtem Herzen vor den Augen des Allgegenwärtigen, daß ich mein voriges Leben verabscheue — vor dem Bild meiner vorigen Mutterliebe zurückschaudre; daß ich nichts verabscheuungswürdiger kenne — als schwärmerische Mutterliebe, jene sinnlose Affenliebe — die die Kinder zu Bösewichter erziehet.

V. Lach. (Im höchsten Grad des Entzückens) Dank dir Vater im Himmel für diesen Augenblick; (zur Hofräthin) und wenn deine Schuld neunzigmal größer wäre, ich würde dich retten; dieser Augenblick entschädigt mich für alles; O Schwester — Elise — siehe — dein Vater — der alte Graukopf — freuet sich wie der Jüngling an der Seite seines rosichten Mädchens steht — an der Seite einer geretteten Seele zu stehen — die zu ihrer Bestimmung — zu ihrem Beruf zurückgebracht worden ist.

V. Seltner. Gott sey Dank — daß sich diese schreckenvolle Scene so gut endete.

Elise. Mir wahr sehr bang — bänger vor diesem Augenblick — als vor der ganzen trüben Zukunft.

(Alle umarmen in sprachloser Rührung die Hofrä=
thin — und sehen sich wechselsweise an.)

Alle. O des Himmelswonne, welche süße Freu=
denscene.

Hofr. Ich finde keinen Dank, edle Menschen=
freunde! für ihre Liebe, (seufzend) aber mein Sohn
wirds scharf büßen müssen. Er muß sich fürchter=
lich vergessen haben, daß man ihn auf die Wache
führte? —

V. Lach. Ist ers würklich — ha! das ist Frie=
drichs Werk — vielleicht werden nun meine ver=
läumbrische Beschuldigungen entdeckt — und mein
räthselhaftes Unglück aufgelößt.

Hofr. O könnte ich die schmerzenvolle Stund
der Gebährerin wieder zurück wünschen; so entsetzen=
voll sie ängstet, so sollte sie mir Wollust seyn —
und wenn ein ganzes Jahr in schrecklicher Dauer
sich daran kettete, um meinen Sohn anderst zu er=
ziehen! denn sein Verbrechen, sein Unglück liegt al=
lein auf mir — und dieses Bewußtseyn ist drücken=
der als alle Leiden dieses Lebens.

V. Lach. Sie werden immer werther — je
mehr ich ihr Herz kenne, und die Proben ihrer Rück=
kehr erfahre. O! könnte ich diese Wahrheit mit
Flammenschrift in die Herzen aller Mütter schrei=
ben — daß ich mit einem Ruf von Pol bis zu Pol
ihre Aufmerksamkeit regen — und mit Farben der
Ewigkeit — die namenlose Seeligkeit hinmalen, die
das Mutterherz empfinden muß bey dem Gedanken —
ich habe dem Staat und dem Himmel eine Seele
gebildet. —

Hofr. Ich werde es nicht überleben.

v. Lach. Seyn Sie zufrieden! Sie sollen beruhigt werden; — Schwester! — die Frau Hofräthin bleiben bey uns — begleiten Sie auf ihr Zimmer. Elise warte meiner.

Elise. Ganz wohl. Nicht so schwermüthig Frau Hofräthin — es kann noch alles gut werden.

Hofr. Gebe es der Himmel.

(Alle ab.)

Fünfter Auftritt.

Elise, hernach Ferdinand und Friedrich.

Elise. (ihnen nachsehend) Du solltest unglücklich bleiben ehrlicher Greiß? dein Edelmuth — deine Seelengröße sollte unbelohnt bleiben? alles dieses solltest du mit ansehen Allsehender — und ihn dennoch sinken lassen? Nein das wird nicht; es ist eine Versuchung — sie wird Carl den Engel der Gerechtigkeit mit erhabener Vaterliebe senden, und seine Schuld wird seinem silbernen Scheitel segnen und ihm Gnade zulächeln. Aber wo bleibt Ferdinand — er lebt — warum kann ich ihn nicht finden; ich will versuchen — ob ich ihn nicht finde: Ferdinand — mein Geliebter! kehr zurück in meine Arme — Liebe soll das vergangene austilgen.

Friedrich mit Ferdinand hereintretend.

Friedr. (Letztern zu ihr führend) Ja das soll die Liebe — Sie soll euch das vergangene vergessen lehren — Vernunft soll eure Führerin seyn. Geh hin guter Jüngling in die Arme deines Mädchens.

Ferd. (Elise freudetrunken umarmend) Kannst du verzeihen — Mädchen — die ich so tief beleidigte? —

Elise. Alles vergessen! hat auch Eifersucht einige Stunden getrübt, so hat sie jetzo meine Liebe —

Friedr. Nur desto feuriger angeflammt; recht so — der Höllenbube Brandini hat dieses Mißverständniß unter euch angerichtet; nur er ist der ehrvergeßne teuflische Kuppler gewesen, der euren edlen Vater stürzen — und seinen Freund verrathen wollte, aber er würds büßen.

Elise. (Ferdinand an sich drückend) So habe ich dich denn wieder — theurer Ewiggeliebter! o Wonne der Sehnsucht mit welcher Sehnsucht lohnst du die Leiden der Liebe. Aber wie hab ich dich wieder?

Ferd. Hier steht mein Retter — mein Freund — mein Wohlthäter, dem ich — du — mein Vater. alles zu verdanken haben. (Friedrich umarmend) Sag mir, o sag mir bester! wie kann ich dirs lohnen — deine grenzenlose Liebe? —

Friedr. Mit der einzigen Freude — daß Sie ihr Versprechen halten — und mich bis an mein Ende Zeuge desselben seyn lassen.

Elise. Das sollst du lieber Friedrich! fordre was du willst — ich will dirs geben, wenn es nur ein Zeichen meiner Dankbarkeit seyn kann. Du gabst mir meinen Ferdinand wieder, besser als wie vorher, er ist kein Schwärmer mehr; nicht wahr mein Einziger? —

Ferd.

ein Schauspiel.

Ferd. Nein ich bin zurückgekehrt liebes Mädchen — und hier steht mein Führer — mein Geleitsmann.

Elise. Kaum kann ich mein Erstaunen und meine Freude fassen; vor einem Augenblick dich verloren — von dir getrennt; und nun bey dir — dich guten lieben Jüngling an meinem Herzen — so warm — so gut — so hochherzig — so allumfassend! —

Friedr. Seine Gefangenschaft —

Elise. Weß Gefangenschaft? —

Ferd. Du sollst hernach alles erfahren —

Friedr. Seine Gefangenschaft daurte nicht lang; ich war bey unserm geliebten Herzog, der nichts von der Gefangennehmung wußte; ich erhielt also gleich seine Freyheit — von seiner eignen Hand.

Elise. Gottessegen über den liebevollen herzigen Menschenfreund.

Friedr. Ja wohl Gottessegen über ihn — mein Leben — mein letzter Blutstropfen — soll für den gerechten Landesvater fließen. Er staunte freudig wie ich so feurig von der Unschuld des alten Herrn Raths sprach — noch mehr als ich mit meinem Kopf dafür haften wollte, daß Se. Durchlaucht hintergangen seyen. Er schwieg lange still — endlich sprach er mit glühendem Auge, ich werde es heute noch untersuchen, und wenn mein Lachenau unschuldig ist — so soll er eine Genugthuung erhalten, worüber die Gerechtigkeit selbst staunen — und Kabale und Verläumdung zittern soll.

Eli-

Elise. Ach! Welch ein Fürst! Heil uns, daß wir seine Unterthanen sind! —

Friedr. Ich umfaßte freudetaumelnd seine Knie — benetzte sie mit Thränen — vergaß in dem Rausch des Entzückens daß ich vor meinem Fürsten stand; schrie — o! er ist unschuldig — so wahr mich die Vorsehung sandte — und mich bey Ew. Durchlaucht Gehör finden ließ. — Er lächelte hoch auf — und gieng schleunig in sein Kabinet.

Elise. Hurtig mein bester — diese Freudenpost dem Vater zu überbringen — wie er sich freuen wird — der liebe gute Vater! —

Ferd. Ja wohl! den ich nicht Vater zu nennen verdiene — den ich so tief kränkte! —

Elise. Laß das — er wird alles vergessen. Freylich hat es mein Ferdinand ein wenig zu toll gemacht! wer weiß was geschehen wäre, wenn Friedrichs tiefblickende weise Vorsicht deine Anschläge nicht vereitelt hätte. O ich zittre noch wenn ich daran denke! —

Friedr. Gott sey Dank — daß es mir so gelang. Es war von jeher meine Hauptbeschäftigung Herz und Seelenkenntniß — so wohl im Umgang, als aus Erfahrung mir zu sammeln. Mit geheimer Wonne seh ich nun meine Vermuthung gegründet, daß eben dieser höchste Grad der Schwärmerey — der mit leiser schauernder Schwermuth zum Selbstmord führt, der beste Standpunct sey, — den Irrenden vom jähen Abgrund des Verderbens auf den rechten Pfad der Selbstkenntniß zu bringen; heute freue ich mich zum erstenmal meines Daseyns!

Ferd.

Ferd. Dank deiner Liebe — und Treue; du sollst nicht mehr Diener — sondern Lehrer und mein Freund seyn. Höre, der Vater kommt.

Elise. (hüpfend) Ihm entgegen — dem Theuren!

Sechster Auftritt.

Die Vorigen und der alte Herr v. Lachenau.

Elise. (Mit offenen Armen ihm entgegen eilend.) Freude — Freude lieber Vater; es geht alles gut.

V. Lach. Wie so mein Kind — wozu diese freudige Aufwallung.

Elise. Es ist doch noch der glücklichste Tag ihres Lebens — geben Sie acht liebster Vater? —

V. Lach. Ist es täuschende Hoffnung — oder treibst du gar Scherz mit mir?

Friedr. Es sind nur hoffnungsvolle Sonnenstrahlen durch den dicken Nebel der Verläumdung; aber sie wird siegen die erhabene Unschuld — und Kabale wird erzittern vor der Gerechtigkeit unsers theuren Carls.

V. Lach. Was? — du bey unserm Herzog gewesen? —

Friedr. Ich komme so eben von Ihm. Fragen Sie mich jetzo nicht genauer — lieber alles abgewartet, denn Freude nachher ist sicherer und besser — als vorher.

V. Lach. Du machst mich erstaunen. Aber wie steht Ferdinand so tiefsinnig da; glänzt denn für ihn keine Hoffnung?

Ferd.

Ferd. Ha! in den Augen des besten versöhnten Vaters glänzt Vergebung; aber diese Blicke im Auge des so tiefbeleidigten Vaters — sind dem Verbrecher wie heiße Sonnenstiche dem müden Wanderer.

V. Lach. Mein Ferdinand kennt also seinen Vater noch nicht?

Ferd. O ja ich kenne ihn — und so oft ich sein Bild denke, so oft durchdringt Schaam und Schmerz meine Brust.

V. Lach. Habe ich nicht jederzeit väterlich dir deinen Leichtsinn verziehen? — du hast gefehlt — das ist wahr; du hast mir den Becher der Freude an dem ich mich heute laben wollte — wie der müde Wanderer nach zurückgelegter Tagreise an der lautren Quelle, mit Wehmuth und herben Leiden vergällt; an dem Tag — der mir —

Ferd. O Sie durchbohren mir das Herz!

V. Lach. Der Seeligste seyn sollte — wo ich mein Haupt noch einmal mit froher Wonne empor heben wollte, zu blicken ins vergangene mit Kummer und Elend beschweret; dies mein graues Haupt hast du mit Schande und Verachtung der Gruft näher zugebracht; noch bist du mein Sohn! — ich liebe dich noch — noch kannst du alles wieder gut machen — mir meine geraubte Ehre wiedergeben! —

Ferd. Ja ich will es; meine Uebereilungen haben mich zum fürchterlichen erwachen aus meinen Träumereyen gebracht; meine Vernunft ist aus ihrem trägen Schlummer aufgeschreckt — in die meine schwelgende Phantasie sie einwiegte; könnte ich

ein Schauspiel.

ich aber nur das vergangene wieder zurückrufen. O der Gedanke! Vater — Friedrich — Elise wird mir meinen Seelenfrieden wie eine Höllenfurie hinwegscheuchen — aber meinen Entschluß nicht wankend machen.

V. Lach. (Seine Hand ergreifend — mit Feuer — ihn starr ansehend) Nein diese Miene — dieser seelenvolle Blick täuschet nicht. Du bist gerettet mein Sohn; deine Reue ist edel — sie kröne dein Herz. Laß dich umarmen theurer rückgekehrter Jüngling — komm aus Vaterherz — nimm meine Verzeihung — und meinen Seegen.

Ferd. (seinen Vater umarmend) Ja ihren Seegen mein Vater! ihren Seegen — (kniet nieder.)

V. Lach. (gerührt) Gott seegne dich — und stärke dich zur Haltung deines Vorsatzes. Vernunft und ihre geheiligte Rechte seyen stets die Orakel der Weisheit. Seelengröße und Herzensadel — diese Strahlenstuffen menschlicher Unsterblichkeit zu erinnern, müssen von nun an dein Streben seyn. Sanfte stille Weisheit beflügele dich deine Laufbahn geräuschlos nur vorm Allsehenden und dem edlen Menschenforscher bemerkt zu beginnen suche — und genieße dieses Glück — das Glück des Weisen.

Ferd. Ach ich bin geheiligt — bin rein; eine Centnerschwerelast der marternden Erinnerung meiner Vergehungen ist von meinem Herzen. Jetzo bin ich wieder ein freyathmendes fesselloses Geschöpf — habe meinen Vater, meine Elise wieder gefunden und ihr Herz erhalten.

V.

v. Lach. Hier übergibt dir durch mich eine sehr werthe Person 200 Louisdors — zur Bezahlung der Brandinischen Schulden — um dein Wort als ein ehrlicher Mann zu halten.

Friedr. Das ist kein gemeiner Wohlthäter — so viel Geld? —

Ferd. (Ausser sich) Mir so viel Geld — mir so eine übermäßige Wohlthat? — o sagen Sie mir die Person — daß ich ihr danke, und mit Thränen ihre Füße benetze? —

v. Lach. Sie will eigentlich noch nicht genannt seyn — aber gieb ihr doch einstweilen einen derben Kuß dafür — nicht wahr Elise?

(Alle stehen in starrer Gruppe gerührt, und sehen Elise erstaunt an.)

v. Seltner. (Ausser Athem) Ach! — Ach!

v. Lach. Was ist ihnen Schwester — was fehlt ihnen?

v. Seltner. Der Kammer — diener — von unserm gnädigsten Herzog.

Friedr. Reißen Sie uns doch aus der Verlegenheit? —

Elise.
Ferd. } Ich zittre vor Angst und Furcht.

v. Seltner. (sich erholend) Der Kammerdiener unsers Herzogs war da; Sie Herr Bruder — und die ganze Familie — Friedrich auch, sollen augenblicklich vor ihm erscheinen. Was ich erschrocken bin vor dieser schleunigen Bothschaft.

v.

v. Lach. Erschrocken? — im Gegentheil freuen muß man sich vor dem Thron seines gerechten Landesvaters erscheinen zu dürfen, wenn man unschuldig ist; und dies macht mich beherzt.

Friedr. Gesegnet — dreymal gesegnet sey der Augenblick, nachdem ich so lange seufzte. Freude und froher Jubel dem Tag; heute muß noch irgend eine Freude meiner warten — die mir ängstlich und Liebeschaurend im Busen zuckt. Kommt — kommt!

Ferd. Mir ist etwas bange.

Elise. Vor einem so großen Herrn zu erscheinen.

v. Lach. Laßt alles stehen und liegen, ich kann nicht mehr rasten, bis ich vor meinem Fürsten stehe. Kommt Kinder — laßt uns seinem Befehl augenblicklich gehorchen. O! wie schlägt mein Herz vor Furcht und Hoffnung.

Ferd. Wenn es doch nur schon vorüber wäre! —

Friedr. Muth gefaßt, die siegende Unschuld wird gekrönt — dem rückgekehrten Verirrten lächelt Huld und Gnade. Dieß sey unsre Hoffnung; sie leuchte vor uns her — und glänze mit feyerlicher Unterwürfigkeit im Auge, wenn wir vor unserm geliebten Carl stehen. (Alle ab.)

Siebenter Auftritt.

(Großer Saal im herzoglichen Pallast.)

Herzog Carl, und der Präsident v. Tirmion.

Herzog. Und wer hat sie arretirt? —

Präs. Des Raths Bedienter; (hämisch) vermuthlich auf dessen Befehl? —

Herzog. Hat man sie verhört? —

Präs. Sie sind ja unschuldig Ihrer Durchlaucht, was brauchts dessen. Er hat mir die Betrügereyen des Raths entdeckt — und vermuthlich ließ der Rath wegen diesem Vorfall die guten Leute arretiren.

Herzog. Haltet ihr denn selbst den Rath für einen Betrüger? —

Präs. Ich bin schuldig Ew. Durchlaucht meine Meynung zu sagen; ob ich gern jedermann glücklich und die Gnade Ew. Durchlaucht wünsche — so fodert mich doch hier mein Gewissen auf —

Herzog. Kurz! zur Sache — ich hasse die zwecklose Weitläuftigkeiten.

Präs. Ich habe schon lange den Rath für einen Heuchler und Betrüger gehalten; —

Herzog. Und warum habt ihr mir nicht schon längst dieses angezeigt — Warum?

Präs. Ich glaubte — er würde sich bessern, und Ew. Durchlaucht werden in den Proceßacten der Brandini selbst seine Betrügereyen entdecken! —

Herzog. Gut; was habt ihr vor Verfügungen getroffen? —

Präs. Ihn zur statthaften Verantwortung aufgefodert, ferner die Pflichtenvernachläßigung seines Sohns des Secretairs?

Herzog. Nun? —

Präs. Was für eine Ahndung befehlen Ew. Durchlaucht? —

Herzog. Schlagt eine vor? —

Präs

Präs. Cassation —

Herzog. Seyd ihr bey Verstand; — aber doch ich erinnere mich, ich wollte noch nichts davon erwähnen; aber jetzt muß ich; Präsident — Ihr habt den jungen Lachenau cassirt — und durch Wache abholen lassen — Wer berechtigt euch zu diesem eigenmächtigen Verfahren? —

Präs. Ich dachte — es könnte zu seiner Besserung etwas beytragen — wenn ich ihn im Voraus auf seine Bestrafung aufmerksam machte.

Herzog. Wer lehrt euch — unter meinem Namen — meine Unterthanen ohne Schuld so tyrannisch behandeln? — Ich habe den Lachenau hieher citirt — auch wird man sie hieher bringen — ich selbst will die Sache untersuchen?

Präs. Ew. Durchlaucht werden mir wegen meiner Uebereilung Dero hohe Gnade nicht entziehen.

Herzog. (ohne darauf zu hören) Ich bin Fürst und liebe meine Unterthanen; der Vater muß selbst die Fehler seiner Kinder untersuchen und bestrafen. Erwartet mich hier.

(ab.)

Achter Auftritt.

Der Präsident allein, krazt sich hintern Ohren.

O weh — o weh! das geht schief — gar nicht wie ichs wünschte. Alle meine Kunst — meine feinste Pläne nichts vermocht — selbst Schmeicheley und Verstellung nicht. Der verhaßte Bediente hat

hat meinen ganzen Plan verrückt; wenn ich mich nur rächen dürfte — an diesem stolzen Bettler. Wie ich mir nur werde heraushelfen — der demüthigsten Beschimpfung zu entgehen; — horch — da kommen sie schon; — jetzt verlaß mich nicht mein Genius, wage alles.

Neunter Auftritt.

Die Vorigen, R. v. Lachenau, Ferdinand, Elise, Friedrich, Hofräthin.

(Alle verbeugen sich gegen den Präsidenten.)

V. Lach. Ha — ergebener Diener gnädiger Herr! — Sie auch da? —

Präs. Ihr Unterthäniger! Sie werden vermuthlich zu Ihro Durchlaucht wollen? Sie werden gleich hier erscheinen. Ach! da haben Sie ja viele Begleitung?

V. Lach. Auf Befehl Ihro Durchlaucht — mußten sie mit kommen.

Präs. (erblickt Friedrich) Er nimmt ein wenig einen Abtritt; —

Friedr. Beileibe gnädiger Herr — ich bin hier eine nothwendige Person — und habe so gut meine Rolle zu spielen, als jede andre.

Präs. Er ist sehr frech für einen Bedienten.

Friedr. (mit Laune) Es ist nun einmal so mein Humor — gnädiger Herr, lustig und aufgeräumt zu seyn; Sie werden gleich sehen, wie man meinen Humor beklatschen wird.

Präs.

Präs. (bey Seite) Ein infamer Kerl — (beißt sich die Lippen) er ist ein Unverschämter.

Friedr. Sie müssen nicht böse werden gnädiger Herr! ich schwörs ihnen, daß das meine Art so ist; (lacht) so alla Hofnarr zum Zeitvertreib zu agiren, und aus pur eitel Spaß zuweilen einige verzuckerte Wahrheiten zu produciren.

Ferd. Still, der Herzog kommt.

Zehnter Auftritt.

Die Vorigen, und der Herzog.

Alle. (fallen auf die Knie) Heil und Seegen unserm theuren Landesvater — unserm geliebten Herzog! —

Herzog. Steht auf Kinder; eure Liebe freut mich — ich wünschte, daß ich sie immer behalten möge.

V. Lach. Ewig mein Gebieter; Gott erhalte Sie uns noch lange! —

Alle. Das gebe Gott!

Herzog. Genug Kinder. Laßt uns die Zeit nicht mit Thränen und Rührungen zubringen, sondern sie mit Thaten und Handlungen bezeichnen. Ihr wißt warum und weswegen ich euch noch heute hierher beschied; deswegen fodre ich Aufrichtigkeit und heuchellose Herzenssprache (setzt sich) Ich bin nicht nur Richter, sondern auch Vater.

(Alle stehen in einer Reihe zur Rechten — der Präsident allein zur Linken.)

v. Lach. Ich höre mit unterthänigem Gehorsam die Befehle meines Herzogs.

Herzog. Lachenau, waret ihr immer ein treuer Diener von mir, habt ihr euch seit eurem Dienstjahren nie durch Schleichwege in meine Gnade gedrängt; überhaupt eurem Posten treu und redlich vorgestanden?

v. Lach. Meine 40 Jahren Vaterlandsdiensten lieg'n vor dem richtenden Blick Ew. Durchlaucht — si· mögen für mich sprechen — das ganze Herzogthum soll es — ich habe keine Worte weiter mehr zur Vertheidigung meiner Treue.

Herzog. Habt ihr ohne Personalhaß — gewissenhaft — und gerecht in der Proceßsache der Hofräthin Brandini gearbeitet?

v. Lach. Das habe ich — und bin bereit mein Verfahren zu rechtfertigen, Ew. Herzoglichen Durchlaucht — ja der ganzen Welt es vorzulegen: als ein Beweiß meiner unbestechlichen Gerechtigkeitsliebe.

Herzog. Hier steht jemand — der das Gegentheil sagt; — er hat euch bey mir in Forma angeklagt. Präsident hier stehet der Beklagte; redet.

Präs. Ew. Durchlaucht — ich bin nicht so geübt — meine Suspiciones — und Gravamina sogleich vor Ew. Durchlaucht weise Ohren zu profe̊riren; ich bitte deßhalben —

Herzog. (mit Hitze) Steht auf — redet, hier stehet Lachenau den ihr zum Betrüger machtet, daß er in dem Proceß der Hofräthin ungerecht und schurkisch verfahren sey; redet und beweißt diese Beschuldigungen.

Präs.

ein Schauspiel.

Präs. Der junge Brandini kann hierinnen das beste Zeugniß geben, ich werde es schriftlich thun. Befehlen Sie, daß man ihn und den Juden vorläßt? —

Herzog. Ihr könnt also nicht beweisen — nicht ein Wort vorbringen — das eure Anklage beschöniget? — Geduld, dahinter wollen wir bald kommen was es mit dieser Kabale vor eine Bewandniß hat. (schellt)

(Brandini tritt von Wache geführt — geschlossen nebst dem Juden herein.)

Brandini tretet vor — näher — antwortet mir offenherzig, denn hier hilft kein Läugnens mehr — es ist schon fast alles klar. Beweiset hier dem Rath Lachenau — daß er ein Betrüger ein ungerechter Staatsbeamte sey. —

Brandini. (steht starr vor sich hin — und antwortet nichts.)

Herzog. Antwortet, habt ihr dem Präsidenten gesagt, Lachenau habe ungerecht in dem Proceß mit eurer Mutter gehandelt?

Brandini. (sieht den Präsidenten an — und antwortet wieder kein Wort.)

Herzog. Gut! Bursche dir will ich bald Sprache machen. — Tritt vor Jude —

Mayer. (wirft sich auf die Knie) Ach Gott Ihro Durchlaucht! Erbarmen einem armen Juden! —

Herzog. Gesteh Jude, was hast du mit dem jungen Brandini gehabt? —

Maier. Ich will alles gestehen — Ihro Durchlaucht — aber nur Gnade — Gnade!

Herzog. Rede — sage die Wahrheit — sonst —

Maier. Ach Gott wills jo von Herze gern: bin ich heute bey dem Herrn Brandines gewesen und häb meine 2000 Stück Gülde.habbe wolle, do hat er mer gesagt — daß der Herr Secretair das Geld bezahlen würde, daß aber demohnerachtet der Proceß ungerecht entschieden sey. No! do hot er mer weiter gesagt, daß er und der Herr Präsident — den alten und jungen Herrn v. Lachenau tüchtig eingesalzen hätte. Aber ich bin schofel bey der Historie wegkomme. Soll mich der Himmel bewahre noch einmal gegen den ehrlichen Herrn Rath so ungerecht zu denke! —

Herzog. Gnug Jude. (mit Würde) Herr Präsident was sagt ihr dazu — könnt ihr noch frey aufsehen gegen diesen Biedermann — aus dem die Unschuld spricht? — Brandini — was sagt denn ihr dazu?

Friedr. (vortretend) Habe ich euch nicht bey dieser Verschwörung ertappt — Brandini und Maier? — Hast du nicht auch noch Meuchelmörderischer weise den Dolch auf mich gezuckt — Abschaum der Menschheit! — und deine Höllenseele ist noch so verstockt nicht zu gestehen? — bey Gott Ew. Durchlaucht, dieser Sünder ist so verhärtet boshaft — daß ihm selbst die gekränkte Unschuld kein Ach erpreßt. (zu Ferdinand) Sehen Sie lieber Ferdinand — Ihren Busenfreund — dem Sie ihr Herzblut hätten zu trinken gegeben; dem Sie aus Freundschaft, Ehre und Wohlfahrt aufopferten; aus Dankbarkeit dafür, wollte er ihren Herrn Vater und Sie in Schande und Verachtung bey Jhro Durchlaucht stürzen.

Hofräthin. Er ist mein Sohn nicht mehr, der Verabscheuungswürdige! aber wie mich der Anblick jammert, der Sohn meines Leibes ist Verbrecher.

Herzog. (steht auf) Lachenau — mein ehrlicher treuer Diener, eure Unschuld liegt am Tage; ihr seyd in meinen Augen gerechtfertiget. Dieses Bubenkomplott ist nicht fähig an meinem Hof einen verdienstvollen Mann wie ihr, zu stürzen, die Vorsehung und meine wachsame Aufsicht lassen das nicht zu. In den Augen dieser Bösewichter laßt mich euch also belohnen, damit sie sehen, daß Tugend und Rechtschaffenheit bey mir nicht unvergolten bleiben — wie Bosheit und Kabale nicht ungestraft. Hier (er hängt ihm den Orden pour le merite um) dieser Orden des Verdiensts erinnere die Welt daran — daß ihr treu und gerecht gehandelt habt — und daß es euer Herzog belohnte.

V. Lach. Zu groß ist die Gnade mein Fürst (küßt dem Herzog die Hand) wie kann ich Ihnen genug dafür danken? —

Herzog. Ihr verdienet diese Genugthuung. Möchte sie euch nur eure Kummerstunden vergessen machen. (er schellt und noch mehr Wache tritt herein.) (zum Präsidenten) Präsident — ihr habt meine Gnade gemißbraucht — habt euch des erhabenen Postens, den ihr begleitet, unwürdig gemacht. Untreue Staatsbeamten und noch schlechtere Menschen, sind Gift und Pestbeulen in einem Staat — die der Menschheit schädlich und verderblich sind. Ihr seyd also hiermit eurer Stelle entsetzt; entfernt euch vor meinen Augen; diese werden euch einstweilen eine Wohnung anweisen, bis zu weiterer Verfügung.

Präs. (auf den Knien) Ew. Durchlaucht! Gnade — mein Stand — meine Familie. —

Herzog. Fort! aus meinen Augen. —

Präs. Erbarmen! — Erbarmen! —

Herzog. Das habe Gott mit deinen Sünden! fort mit ihm. Die Frauenzimmer begeben sich ein wenig ins Seitenkabinet; — denn was ich jetzt thun werde — ist nicht für Mutterherz. — (sie gehen ab) Brandini, ihr habt die Rechte des Staats, der Menschheit und der Freundschaft gröblich beleidigt; sie fodern Rache. Ihr seyd ein gefährlicher Mensch für die menschliche Gesellschaft; zehn Jahr Festungsstrafe soll versuchen, ob ihr noch zu bessern seyd.

(Brandini geht stumm zu den Soldaten.)

Jude Maier, ihr seyd nicht minder strafbar! —

Maier. (kniend) Au Gott! Ihro Durchlaucht — Gnade!

Herzog. Sie sey euch gewährt — aber über den Grenzen meiner Staaten. (beyde werden abgeführt.)

V. Lach. Bewunderung und Erstaunen über die Weisheit und Gerechtigkeit Ew. Durchlaucht machen mich sprachlos.

Herzog. Ich habe nicht mehr als meine Schuldigkeit gethan: denn eurer Unschuld war ich diese Genugthuung schuldig — seyd ihr so zufrieden?

V. Lach. (gerührt) So zufrieden — daß ich in dem Namen des ganzen Landes Ew. Durchlaucht den Dank bringe, den Ihnen jeder Unterthan schuldig ist; den Seegen für Sie geliebter Fürst — daß
Sie

ein Schauspiel.

Sie noch lange der Trost des Verlassenen — der gerechte Helfer der unterdrückten Unschuld — und Vater des Landes bleiben möchten.

Herzog. Dank euch. Aber wie sieht es mit der Hofräthin aus — ist sie unschuldig — hat sie keinen Antheil.

V. Lach. Den Antheil den sie aus schwärmerischer Mutterliebe hat. Ich habe sie geprüft — sie ist zurückgekehrt von dieser, dem Staat so gefährlichen Schwärmerey. Ich war ihr Feind — nun bin ich ihr Freund. Mein Sohn, an der nämlichen Krankheit — ist genesen — ihre Schulden bezahle ich — und freue mich — zwey Seelen gerettet zu haben.

Herzog. Edler Mann — und an eurer Rechtschaffenheit konnte ich nur einen Augenblick zweifeln? Man rufe die Frauenzimmer.

(Friedrich führt sie herein.)

Herzog. Frau Hofräthin — Sie werden doch nicht böse werden — daß ich den Herrn Sohn so einstweilen nach Verdiensten belohnte. Vielleicht wird er in einigen Jahren besser — und alsdann soll er seine Freyheit haben.

Hofr. So sehr es dem Mutterherzen Wunden schlegt — mir mein künftiges Leben trüben — meine kostbare Stunden der Freude rauben wird, so kann ich Züchtigung hier nicht mißbilligen; der Himmel gebe es, daß er sich beßere!

Herzog. Wie gesagt — sobald dies ist, so sollen Sie ihn wieder haben. Aber Lachenau — wie sieht

sieht es mit eurem Ferdinand aus — der steht ja so schüchtern da. —

V. Lach. Furcht und Schaam benehmen ihm die Sprache. Er fürchtet — eine scharfe Ahndung wegen seiner heutigen Nachläßigkeit.

Herzog. Er verdiente es allerdings, aber das schöne Kind — das neben ihm steht, spricht mit den Augen zu viel für ihn, als daß ich ihm heute seine Freude verderben sollte! (er faßt sie bey der Hand) nicht wahr liebes Mädchen? —

Elise. (sich mit Schaamröthe verbeugend)

Herzog. Ein herrliches Mädchen — so frisch— blühend gesund! — und mit ihren schelmischen Augen! — Eure Wahl ist gut Secretair — nun — was sagt denn ihr dazu?

Ferd. Ew. Durchlaucht haben väterliche Nachsicht mit meinem Fehler; es ist die Folge daß mein Herz allzuheftig für jedes Scheinleiden empfindet, und meine Vernunft niemals zuvor das Ganze mit Klugheit prüfte.

Herzog. Merkt euch das junger Mensch; der Geschäftsmann muß sich nie durch Phantasie oder Einbildung hinreissen lassen. Man kann doch gut und Menschenliebend handeln — und zwar ohne böse Folgen zu befürchten. Euer Vater ist euch hier der beste Lehrmeister; tretet in seine Fußstapfen — und ihr werdet ein braver Mann. Aber dieses Jahr müßt ihr noch zur Strafe Secretair bleiben, um zu sehen, ob auch eure gute Vorsätze Probe halten nicht wahr alter ich habe Recht? —

V.

ein Schauspiel.

v. Lach. Vollkommen mein Gebieter — er wird es mit Dank verehren — und Ihrem Willen mit Freuden nachkommen.

Ferd. (küßt dem Herzog die Hand) Diese gelinde Strafe ist Wohlthat für mich mein Fürst; ich bedarf noch vieles — und dieses soll mir Antrieb seyn, mich immer mehr zu vervollkommen.

Herzog. Glaubt mir Kinder, daß ich für euch als Vater sorgen werde; — euer Wohl liegt mir am Herzen — verlaßt euch darauf — und seyd meiner steten Gnade versichert. Ferdinand leb mit deinem Mädchen glücklich — und sorgt mir für einen braven Pathen. (lacht) Sieh wie Liesgen schon wieder so roth wird — Närrchen! was schämst du dich — ich weiß doch das dus gern hörst.

Ferd. Dank — (kniend) heißen Dank geliebter Landesvater für diese Gnade, wir wollen ihnen ewig treu und gehorsam seyn.

Herzog. Aber den edlen Mann in der Liverey laßt uns auch nicht vergessen.

Alle. Wir bitten die Gnade Ew. Durchlaucht für ihn.

Herzog. Das braucht ihr nicht; ich selbst verehre das Verdienst in dem unbemerkten Redlichen; ich selbst weiß das Herzensadel den Menschen empor heben und ihn belohnungswürdig machen. Wohlan Friedrich — ihr seyd heute der Mann der mich so glücklich machte — die Tugend zu erheben und das Laster zu stürzen!

Friedr. Ew. Durchlaucht — ich that nur meine Pflicht als Mensch und als Christ.

Her=

Herzog. Und dies — das so wenig heut zu Tage geschieht — das mich überzeugt — daß ihr nur durch Schickſal in die Liverey kommt — und eure Kenntniſſe eine andere Sphäre verdienen; berechtigt mich, euch einen andern — dem Staate nüzlichern Würkungskreiß anzuweiſen; ihr ſollt von heute an mein würklicher Hofrath ſeyn.

Friedr. Die Gnade iſt zu groß — edler Fürſt — die habe ich nicht verdient! —

Herzog. Genug, ihr ſeyd mein Hofrath. Die Schulden der Frau Hofräthin nehm ich über mich — ſie aus meiner Chatoulle zu bezahlen.

Hofr. Dank — mein Herzog und Wohlthäter ewig Dank für dieſe unverdiente Gnade.

Herzog. So wären wir alſo im Reinen bis auf eins. Ich habe euch heute in Ruh geſetzt Lachenau, ich habe mich aber anderſt bedacht. Ihr ſeyd mir und dem Staat noch uentbehrlich; ſeyd Präſident — von der Regierung — ſie kann mit keinem würdigern Subject beſezt werden als mit euch.

V. Lach. Ew. Durchlaucht — mein Alter!

Herzog. Laßt das gut ſeyn; ihr ſeyd bekannt mit allen Geſchäften — ſeyd in der gegenwärtigen Lage nothwendig — denn wir werden noch manche Schurkerey des Tirmiors auffinden und in Ordnung zu bringen haben. Glaubt mir — ich lege euch nicht ſchwerer auf, als ihr tragen könnt.

V. Lach. Auf Ihren Befehl muß ich gehorchen; ich bin Patriot — und mein letzter Blutstropfen gehört Ihnen — dem Staat und meinen Kindern.

Herzog. So lebt dann wohl. Gott und ihr sahet wie ich handelte. Eure Glückseligkeit ist mein Wunsch — ist meine Bestimmung von Gott. Möchtet ihr und alle meine Unterthanen durch die heutige Begebenheit belehrt werden, daß Rechtschaffenheit und Treue Lorbeer grünt, und daß Schwärmerey und Laster — Elend und Strafe zum Lohn hat; daß aber Reue und Rückkehr von seinem Fehler Gott und mir angenehm und erfreulich ist. — Lebt wohl — und glücklich.

(Alle begleiten den Herzog bis ans Kabinett.) Gottesseegen über Sie theuerster Landesvater.

Elfter Auftritt.

Die Vorigen, ohne den Herzog.

(Tiefe Pause.)

V. Lach. Seht Kinder — was wir unserm Herzog schuldig sind — wie gütig — väterlich und gerecht er an uns gehandelt hat!

Ferd. Ja wohl — mir war er mehr als Vater und Fürst — denn seine Nachsicht gegen meinen Fehler übertraf meine bange Erwartung.

Elise. Der liebe Herzog — wie er nicht so gütig — so herablassend war. Sieh — wie unser Vater jetzo so heiter ist — wie sein Auge Wonne und geheime Freuden strahlt!

V. Lach. Kinder mir ist so wohl — ich weiß nicht wo ich am ersten anfangen soll — die Gnade unseres Herzogs zu überdenken. Meine geraubte Ehre ist mir wieder reichlich Ersaz für die wenige Trübsalsstunden — und alles das habe ich dir zu verdanken edler Mann — theurer Freund! —

Friedr. Ich schäze mich auch glücklich — daß die Vorsehung mich zum Werkzeug wählte. O ich bin unaussprechlich glücklich — belohnt in Ehrenstellen eingesetzt — als ein ehrlicher Mann erkannt und geachtet — (mit einem Seufzer) o Charlotte — unglückliches Opfer der Schwärmerey — sähest du izo mein Glück — könntest Theil daran nehmen!

Hofr. Guter Mann — Sie klagen um ein verlornes Glück — ich sollte nicht klagen — aber doch wälzt sich der Gedanke in meiner freudetrunknen Seele immer empor — wird Sehnsucht nach meinem Friedrich; — der aber schon lange modert. —

(Pause.)

Ferd. Hier harmoniren Wünsche und Namen. Geheimes Gefühl entspinnt ein Räthsel das Auflösung fodert. —

Elise. Verloren Sie ihn schon lange ihren Friedrich? —

Hofr. Noch als Mädchen von sechszehn Jahren. Er war ein guter Jüngling blühend wie das Leben — und groß an Geist und bieder an Herz. Unsere Herzen stimmten zusammen; ewig eins zu seyn, was unser Wunsch.

Friedr. Welch unerklärbare Aehnlichkeit mit meinem Schicksal — Sie setzen mich in Erstaunen? —

Hofr. Mein Vater trennte uns. Er war ein reicher Kaufmann, Haabsucht und Geldburst waren

ein Schauspiel.

seine Hauptleidenschaften. Mein verstorbener Mann nuzte diese Seelenschwächen meines Vaters — es gelang ihm — diese Schwachheit in Schwärmerey umzuwandeln. Alchymie war das leichteste Mittel eine Leidenschaft zu nähren — und sie zur Schwärmerey zu entflammen; ich mußte das Opfer dieser Schwärmerey werden; der Laune eines närrischen Mannes unterworfen, freudenlos meine Jugend durchleben, bis mein Sohn Albert — der Unglückliche — die Leere meines Herzens mit dem Huldlächeln der neugebornen Unschuld hüllte. Indessen ich einsam oft um meinen Neuerwald seufzte — und unsre herbe Trennung ach! auf ewig für diese Welt bejammerte.

Alle. (mit Erstaunen) Neuerwald?

Friedr. Meine Clementini? —

Hofr. Laßt mich nicht sinken meine guten Geister — wer sprach dieß Wort — beym Allmächtigen — hier kennt niemand den Namen Clementini? —

Friedr. Aber doch dein Friedrich? Zweifelst du noch — (zeigt ein Mahl an seiner Hand) kennst du noch diesen Rest meines Unglücks — als ich dich entführen wollte und ein Säbelhieb unsrer Verfolger mich mit dieser Wunde zeichnete? Seit der Zeit sah ich dich nicht mehr — das Schicksal verfolgte mich — man sah mehr aufs äußere als auf Kenntnisse, ich sank herab zum äußersten Elend, bis ich in Göttingen zu meinem Freund Ferdinand kam, der mich so Menschenfreundlich aufnahm. Unsere Geschichte blieb mir stets das heiligste Geheimniß und niemand erfuhr sie bis auf diese Freudenstunde.

Hof-

Hofr. (ihn umarmend) Nein ich trüge mich nicht — du bists — dich halte ich in meinen Armen — ach Gott nach so langer Trennung diese Summe von Freuden an einem Tag?

V. Lach. Das Sonderbarste — in einer Stadt so lange — und einander nicht gekannt.

Hofr. O der Wonne und Seeligkeit — nach so vielen Stürmen des Unglücks — nach so manchen traurig durchlebten Jahren — den wieder zu finden, an dem stets mein Herz mit der feurigsten Liebe hieng.

Friedr. Glücklich, unaussprechlich glücklich bin ich! — o dies ahndete mir schon heute; dein Ton — deine Gesichtszüge — deine ganze Gestalt sprach verrätherisch in mein Herz, und mit dem Gedanken an dich, regte sich auf einmal wieder der Wunsch in meiner Seele — dich wiederzufinden — wieder zu sehen. Ach! und ich habe dich wieder — liebe dich noch so warm — mit allem Feuer der unentweihten Jünglingsliebe — wie ehemals. Sehen wir diese Wahrheit nicht wieder bestättigt mein Ferdinand! auf die ich Sie so oft aufmerksam machte?

Ferd. (einfallend) Daß kein Glück und keine Freude auf dieser Welt ohne Mißvergnügen und Leiden dem Sterblichen grüne; — daß er seine Glückseligkeit mit Trübsalen erkaufen muß.

Hofr. Wohl war — ich empfinde es diesen Augenblick sehr lebhaft; und doch! so viel Freude jetzt mein Herz durchströmt — daß ich dich wieder fand — so wünschte ich dich doch nie mehr gefunden zu haben! —

Frie-

Friedr. Warum meine Charlotte? sprich — warum? —

Elise. Warum liebe Freundinn? —

V. Lach. Ha! ha! ich merks schon wo's hinaus will — die Frau Hofräthin setzt ihre Reize nochmal auf die Probe ob sie noch exat sind!

Friedr. Rede Charlotte — du beunruhigst mich!

Hofr. Ich bin das muntre feurige sechzenjährige Mädchen nicht mehr — das dich ehmals mit schäkern und scherzen aufheiterte. Gram und Kummer haben meine Wangen gebleicht — Schwermuth hat meinen Augen das Feuer benommen; wie kann ichs wagen? —

Friedr. Hat meine Charlotte ihren Friedrich nicht besser gekannt? — ich bin auch nicht mehr jung — Tändeleyen sind jetzt nicht mehr für mein Herz: der Mann sieht aufs Wesentliche — und nicht aufs Hinfällige einer veränderlichen Schönheit. Das Wesentliche hast du noch — ein Herz voll Liebe — und dies macht mich glücklich.

Elise. Sie haben sich unverantwortlich gegen ihre äußere Liebenswürdigkeit versündigt; jetzt sind Sie noch gefährlich — und wie muß ehmals ihre verführerische Grazie über ihre Nebenbuhlerin hervorgeglänzt haben. Nicht wahr Ferdinand, damals hättest du mir so eine kleine Eifersucht vergeben?

Hofr. Sie liebe Spötterin — wie Sie mich beschämen!

Ferd. Lasset uns gehen Freunde — die Tante vergeht zu Haus vor Angst — wenn wir ihr nicht bald Nachricht bringen!

v. Lach. Recht — laßt uns aufbrechen. Ihr seyd alle meine Gäste — heute soll einmal Niersteiner unser Herz erfreuen und für das Wohl des besten Fürsten strömen, der uns so gerecht und väterlich belohnte.

Ferd. Dieser Tag soll mir ewig heilig seyn — in dem ich Verirrter wieder ins Gelaise der Vernunft trat. O Jünglinge lernt in meiner Geschichte die gefährliche Klippe der Schwärmerey kennen; handelt nie nach Empfindungen, sondern nach dem Gebot und Urtheil der Vernunft. Hier ist der feyerliche Anfang — an dem ich dem Glück des Weisen entgegen sehen will.

Hofr. Und wie theuer wird er mir seyn. (zu Lach.) Durch Sie edler Mann bin ich aus Elend und Unglück zurückgeführt — und vom labyrinthen Weeg der Schwärmerey gerettet worden. Lernet Schwestern, das verderbliche schwärmerische Mutterliebe. Nur vernünftige Liebe — und treue wachsame Sorgfalt — führt euch zu eurer hohen Bestimmung.

Fried. Und wie theuer soll er mir seyn der Tag der mich so grenzenlos glücklich machte! —

Ferd. Das Treue und Ehrlichkeit zuletzt doch geadelt wird — und daß unter Carls Scepter dem Unterthan diese Hoffnung grünt.

Elise. Nun Papachen! — ist denn dies heute der glücklichste Tag ihres Lebens?

v. Lach. (mit Freudenthränen alle umarmend) Ja er ist es — Gott sey Dank dafür. Heute wollen wir froh seyn. So einen Tag muß man festlich begehen — an dem man Zeuge war, wie glücklich sich die gerechte Milde eines Herzogs den treuen Unterthan machen kann. Kommt — kommt —

Alle. (im Abgehen) Es lebe Herzog Carl! Es lebe Carl August Christian unser Herzog.

(Alle gehen Arm in Arm ab.)

(Der Vorhang fällt.)

Ende des Schauspiels.